御我／著　九月紫／繪

司命

【生平描述】

傳太一最早找到的九歌成員，個性溫柔善良，全身遭祝融毀容，平時都必須纏著寫滿咒的繃帶，因此幾乎不會外出。作為九歌中司掌生死的司命，他擁有聆聽、渡魂和化型能力。

「預測指數一覽表」

戰鬥指數：30

體質指數：10

輔助指數：90

生平最愛：九歌

生平最恨：害死傳君兄長的道上人

又愛又恨：聆聽能力

專屬武器：變形系

【生平描述】

在九歌傳說中被尊為山林女神，容貌絕美，實則為被供奉的妖成山神，但出現在姜子牙等人面前時，卻滿身橫向傷痕，連話都無法說得清楚，似乎受傷頗重，多次試圖傳達警告。

生平最愛：山林
生平最恨：毀山林者
又愛又恨：國殤
專屬武器：自然系

「預測指數一覽表」
戰鬥指數：40
體質指數：40
輔助指數：70

山鬼

國殤

生平最愛：山鬼
生平最恨：人
又愛又恨：九歌
專屬武器：青銅古劍

頁測指數一覽表」
鬥指數：80
質指數：80
助指數：10

【生平描述】

原為追悼戰死將士英魂之曲，
在九歌傳承中，是一名堅毅不拔的戰士，
姜子牙曾建議老闆往軍人尋找，
隨著殤九歌故事篇章漸漸展開，這一切似乎都與軍隊有關？

GOBOOKS & SITAK GROUP©

GOBOOKS
& SITAK
GROUP©

三日月書版

三日月書版

幻虛真系列
殤九歌
喚名一次成幻，喚名兩次成虛，喚名三次終成真。
你知道，身邊的事物有多少是真、多少是假嗎？
下冊
御我
九月紫——繪
作品集
FX01009
三日月書版

幻虛真系列
殤九歌

殤九歌

楔子

「冷經理這邊請，我們山林閒居一整天肯定看不完，所以特地為您準備一間景色最好的住房。晚上可以好好體驗房間設施，早上欣賞窗外的清晨美景，山林閒居絕對是最好的飯店！」

冷雲手上拿著一臺平板電腦，不時看著周圍環境，然後在平板上點幾下，聽到旁邊的人說話，這才禮貌性地回應一句「感激不盡，蔡董事客氣了」。話是不失禮，臉色卻淡淡，語氣也平平清清，這讓蔡尊保的臉色不由得有些尷尬，幸好早就聽聞這人的個性就是這樣冷冷淡淡，倒是也不意外。比起冷淡，這人更讓人憂慮的評價是鐵面無私，別想著拉交情或者賄賂，通通是無用功。

蔡尊保對自家的山林閒居可是信心十足，他賭上大量身家在這間高檔飯店上，要是失敗，跳樓那是說笑了，但狠狠脫層皮肯定是免不了的。

偏偏最近山林閒居衰事連連，怪事簡直一件接一件，保全一個個離職。

本來只有夜間保全待不住，現在連大白天的保全都人心浮動，逼得蔡尊保不得不解雇大部分保全，只留下一些嘴嚴的，免得在新招的服務人員面前說漏嘴，讓服務人員也跟著戰戰兢兢。

好不容易花大錢請來一位張大師作法，怪事終於停歇了，但蔡尊保仍舊心驚膽戰，就怕事情沒那麼簡單——啊呸呸呸胡說八道，事情鐵定會順順利利！

照著大師的指示，請一些大人物過來住，用他們的大運氣來壓一壓，往後就會沒事了。

於是，蔡尊保以投資為由，請幾名鋒頭正盛的大老闆來體驗飯店。這位冷經理倒不在邀請的範疇，而是大老闆的得力助手，先過來評估看看。

但蔡尊保照樣熱心招待，畢竟這位冷經理得到重用，連他都聽過對方的大名，這也算是鋒頭正盛吧？

況且讓這位冷經理先過來試試也好，得罪一個經理也好過得罪大老闆……

蔡尊保不敢承認心中那抹隱憂，哪怕他送走張大師後，又請來一位肯暫住在飯店的李大師，但這也只是做個保險而已，肯定不會再有事！

大致走完主要區域後，冷雲收起平板，跟著蔡尊保回到飯店主廳。這裡的裝潢以木造為主，整體設計得高雅大氣。

冷雲覺得到目前為止，這間飯店看起來十分不錯。但不知是不是錯覺，總覺得有股若有似無的難聞氣味，總是一閃而逝，讓冷雲覺得或許不是飯店的問題，而是自己又……

工作時間別胡思亂想！冷雲收起平板，說：「環境看起來很不錯，各方面都很雅致。蔡老闆的飯店非常好，和先前寄過來的投資企畫書幾乎一致。」

聞言，蔡尊保總算鬆了口氣，心中不禁自傲起來。山林閒居可是他的自豪之作，如果不是怪事連連，他老早就開幕了，那是多少大老闆都想預約的啊，結果偏偏遇上這些怪事，害他差點被人誤會是在詐騙。

得到誇讚，蔡尊保心安許多，決定對這個冷經理更好一些，問：「那就請到飯店房間休憩，晚餐幾點開飯合適？」

「我在房間吃就可以了，晚上還得向老闆報告。」

雖然餐廳也是考核範圍，但冷雲已經去看過餐廳環境。如今只有他一個客人，服務人員不是傻子的話，絕對是有多恭敬就多恭敬，去考核根本沒有意義。

聽到這回應，蔡尊保頓覺可惜，他還期待晚飯時能多聽到一些關於飯店的讚美呢。不過嘛，人家要跟老闆報告，說不定會說飯店的好話呢？那這事可拖不得！

拜別蔡老闆後，服務人員領著冷雲來到他的獨幢屋舍。沿路的路燈很多，但奇怪的是，這些燈似乎照不遠，只有兩三步的範圍，導致步道以外的地方一片昏暗，什麼都看不見。

冷雲皺了皺眉頭，環顧四周。剛才這些路燈在傍晚時分看起來都滿亮的，怎麼天黑以後反而變得這麼暗？

進到房間後，服務人員遞上一張卡片，說：「這是您的房門電子鎖卡片，有任何需要，都可以直接在房內呼叫服務人員。」

冷雲點點頭，等服務人員離開，他放下沉重的公事包，先泡了一杯黑咖啡給自己。

接下來，他也沒去享受高檔的房間，只是坐到桌前打開筆記型電腦，繼續自己先前的調查。這間飯店的環評是過了，各種執照也齊全，但有些環保團體還在抗議飯店傷到水土保持和保育類動物的棲地。只是這抗議小打小鬧不成氣候，應該不是大問題……

冷雲打著報告，卻在滿室咖啡香中聞見一絲異味。他在參觀的一路上就不停聞到這味道，淺淡卻如影隨形，照理說聞了這麼久，早該習慣了才對，但他卻不時注意到那個味道。

那是一種很令人不快的氣味……

冷雲索性站起來，四下尋找味道來源，就當作檢查環境衛生了。但這屋子確實打掃得十分乾淨，家具是全新的，除了新家具特有的味道，他並沒有找到臭味來源。一路找尋，冷雲最後來到落地窗前，正巧在這裡聞到味道。

他一把拉開落地窗，差點被迎面而來的味道熏吐了，冷雲立刻明白這是什麼味道。

腐臭味。

冷雲不由得握緊拳頭，想起那時的事……

那也是一個異常悶熱的夏天，大學放暑假，他為了處理學生會的活動，多逗留幾日才坐車回家。

下了車，無論怎麼打家裡的電話和手機都沒人接聽，冷雲只好扛著沉重的行李從車站走回家，累得一身是汗，只想快點進家門找東西喝。但他沒有家門鑰匙，因為家裡總是有人，所以他這個離家學子並沒有去多打一副鑰匙。

然而，任憑冷雲怎麼敲門和按門鈴，就是沒有人應門。

或許是出去了，或許是手機沒電，當年的冷雲可以想到很多沒人應門的理由，自己可以先去鄰居家坐坐要杯水喝也沒關係，但他聞到家裡面傳出一股陌生的味道。在門口聞起來其實並沒有非常濃，卻十分難聞，甚至讓他產生噁心感。

當時的冷雲並不明白那是什麼味道，心裡卻有股濃濃的不安。在手機仍舊打不通後，鬼使神差地，他打了報警電話。

警察本來很不耐煩，覺得他大驚小怪，但冷雲結結巴巴地說屋裡傳出一股很古怪的臭味，警察過來了，還直接帶來鎖匠開門。

門一開，那股濃重的味道撲面而來，冷雲沒忍住，直接吐了……

陽臺加裝玻璃窗，洗澡的瓦斯燃燒不完全，返家大學生驚覺全家一氧化碳中毒身亡。

冷雲的額側一陣陣抽痛，握緊拳頭，努力平復胸口的噁心感。

從落地窗走到庭院中，雖然他不想看見某些東西，卻也不能視而不見。

在庭院四處聞嗅，但冷雲並沒有找到想像中的東西，這時，他突然想起不對勁的地方。山林閒居的範圍很大，他一路逛下來都能聞到味道，但味道又不濃，不是那種能傳很遠的濃厚臭味，這明顯不對勁。

果然還是自己的問題嗎？

明明都有按時吃藥，冷雲皺著眉頭走回屋裡，一邊關落地窗，一邊想著回去該讓醫生重新把藥量加回去，而不是說什麼目前的狀況很好，可以循序漸進停藥。

他一點都不好！

突來一陣古樂傳來，三下兩下地撥動琴弦，琴聲幽幽，如低聲泣語。

面對陰暗的庭院時突然聽見這種聲音，讓冷雲整個人都僵住了，腦中胡亂想著去多吞一包藥不知道有沒有用？

「您好，我來送晚餐，請問可以進房嗎？」

「……」

門鈴聲？冷雲恍然大悟後，這門鈴聲聽起來便古雅悠遠，不再有那種幽然感。

他果然還是該吃藥了！

「進來吧。」

說完，房門就開了，服務小姐推著一輛十分古典的木製推車進來，跟冷雲打完招呼後就開始快速地擺放餐盤。

這態度似乎有點怪異，感覺快得有點慌張，而且也沒有介紹菜單。冷雲站在一旁觀察，發覺服務小姐笑得十分勉強，臉色也略慘白，整個人看起來魂不守舍。

「妳沒事吧？」

服務小姐嚇了一跳，反應極大，冷雲一眼就看出這人肯定剛受到很大的驚嚇，如今正處於驚弓之鳥的狀態。

「沒、沒事。」服務小姐急匆匆地擺好所有食物，遲疑了一下後問：「需要服侍您用餐嗎？」

按理是需要的，畢竟他是來考核飯店的，服務也是很重要的一環，但冷雲此時實在沒有那個心情，便拒絕了。

「請您慢用！」

服務小姐推著餐車離開，走到門口時，她遲疑了一下，回頭提醒：「若有需要外出，可以請保全過來陪您。」

冷雲問道：「是因為路燈的光線不足嗎？」

服務小姐不解地說：「路燈可以照亮整個園區，您覺得不夠亮嗎？我會再向上反應。」

好的，是時候吃藥了。冷雲搖頭說：「大概是我看錯了。」

待服務小姐走後，冷雲立刻吃了塊麵包墊墊胃，然後果斷吞藥。等了一會兒，沒再聞到腐臭味，他滿意地坐下來打算開飯。

剛坐下來，腳踝就被一抓，冷雲整個人從餐桌邊跳開。他肯定、完全肯定那是有人握住他的腳踝。

這飯店到底怎麼回事？還是他該吞第三包藥了？冷雲僵住，滿腦子胡思亂想。雖想著別多想，肯定是藥效不夠，回去讓醫生加重劑量就好，但是怎麼也沒辦法無視餐桌底下可能有什麼東西……或者人。

冷雲只能緩緩掀開桌巾一看，完全沒有人，只是桌底有個東西……

他遲疑了一下，彎腰去撿起來。

那是一張金黃色的面具，額頭繪著日芒，口鼻處特別突出宛如鳥嘴的形狀。

冷雲緊盯著這張日芒面具。

「傅太一？」

殤九歌

CH.1 山林間居

節之一：濃霧繚繞的不祥之地

山林間，霧氣繚繞，本該是宛如仙境的場景，霧氣卻呈現濃灰色。即使是白天的陽光都穿透不進那股濃濃的灰霧，只隱約可見霧中似乎有多幢小屋，宛如被掩埋般，僅剩屋頂在外，下半部全消失在濃霧之中。

唯一沒有被濃霧埋住的只剩下大門了，是古色古香的拱門造型，「山林閒居」四個大字還特地用了古體字。

「這是空氣汙染嗎？」

「如果真的是就好了。」

姜子牙和路揚互看了一眼，皆在對方眼中看到無奈。

「這不會真的是一個界吧？」

姜子牙有點惶惶然。這麼大的山頭也是一個界嗎？如果是的話，那該有多恐怖啊！該不會又要重蹈不久前的校園傳說覆轍？

那一次死了那麼多人……啊呸呸呸！胡說什麼，這次有路揚的爸媽在，一定可以順利救出老闆，下山吃豬腳麵線！

「不知道……」但八成是。

路揚卻不敢把話說死，這麼大的界，以往他從來沒有遇過。光是之前徐喜開那一次的事件，籠罩整個校園的界就已經讓他大開眼界，這一次居然直接是整座山頭！上次的事件已經那麼大條了，這次的敵人難道是要逆天嗎？

他看向爸媽想尋求解答，卻發現老爸正在試著打電話，但立刻又放下手機，顯然是根本撥不通。

劉易士嘆道：「一格訊號都沒有，根本打不出去。本來想報警通報土石流的事情，現在只能希望入口處那些人沒什麼事吧！」

話雖這麼說，但大伙心中有數，那些人多半是凶多吉少。否則姜子牙又怎麼會用那麼急迫的語氣讓劉易士在山路上狂飆，沿路的凶險可是嚇得眾人久久回不過神來。

旁邊，傅君也正在打電話，他皺著眉頭，遲遲沒有放下手機，這讓眾人又升起希望。姜子牙更是想起傅君的手機似乎有古怪，之前所有手機都打不通的時候，也只有傅君的手機能打通。

他帶著期盼的心情問：「你的手機有訊號？」

傅君展示他的手機畫面，說：「只能打九歌內部的電話，有打通，可是太一沒接。」

眾人一看，好樣的，原本顯示訊號的地方，竟然變成一個古色古香的字，恕大家才疏學淺，看不出那是什麼字。

司命解釋：「這是篆體的九。」

傅君立刻不高興地說：「司命你不要一直說話，我不是太一，沒辦法輔佐你使用能力。你這樣一直用，太一留下的咒力要是不夠了怎麼辦？」

姜子牙這才想起來，初次見到司命的時候，他不是沒辦法說話、還得透過手機來傳訊嗎？他驚奇地問：「你不是不能說話嗎？」

司命微微一笑，眨了眨眼，完全沒有張嘴，只是微笑著，但姜子牙卻清楚聽見他的聲音。

「這算是說話嗎？」

傅君氣鼓鼓，臉都擠成包子了。

「小君，不要緊的，這裡似乎有些不一樣。」司命若有所思地說：「這個界跟九歌書店有點相似，甚至更強大。有這個界的輔助，我幾乎感覺不到痛楚，只是……」

他輕皺眉頭，說：「不知為何，這總讓我感覺有些不安。」

這股不安甚至超過降低的痛楚，司命寧可忍受痛楚，也不想承受這種莫名的不安。

聞言，傅君的臉垮了下去，司命的直覺可是很準的。

「該不會是太一有危險吧？」

司命想了想，搖搖頭。雖然擔心傅太一的安危，但他不認為這份不安和傅太一有直接關係，更像是這個地方本身就讓人感到不安。

傅君鬆了一口氣。

劉易士提醒：「這地方看起來這麼不詳，我們若要救人，動作就得快點了。」

「那我們快進去找太一！」

傅君只想快點進去把傅太一抓出來，而且要規定他以後不准什麼事情都沒交代就出門！

「恐怕不只他在裡面。」路樂皺眉說：「我們來的時候，下面已經有人開車要進來住，這飯店裡面應該有不少人，老君也是因此才讓我們上山的吧。」

方才經歷的土石流如此凶險，但先前擲筊的時候太上老君還是指示讓他們上山，到如今路樂才終於明白過來，就是為了來救人吧。

「那就更得加緊腳步了。」

劉易士召出聖書，路樂把銅錢鍊纏到左手上，右手則夾著一張符咒。最後，兩人的視線非常一致地看向剮。

經過姜子牙的全力加持，剮的型態清晰可見，古劍飄在半空中，仙氣繚繞，看起來氣勢不凡。

「兒子，走前面開路。」

路樂果真是親娘，指使兒子當開路先鋒，那是完全沒有在客氣的。

路揚也毫無怨言地上前。這行人中，確實是他的武力值最高，最適合在前方開路。

「走吧。」

路揚領頭，姜子牙牢牢跟在他身後，幫忙看路以及注意所有可疑動靜。再來是司命和傅君這兩個傷兵和孩子，劉易士和路樂則一左一右地墊後，免得後方有危險追上來。

踏進山林閒居的大門，眾人宛如被濃霧吞沒，瞬間不見人影。

進去後，視線反倒變得開闊了，大家能看見五、六步遠的距離，不像剛才從外面看，屋子全埋在濃濃霧氣之中，根本看不清裡面的狀況。

照慣例，路樂一進去就先丟出護身符和十字架，符在半空直接燃燒起來，落地已成灰燼，十字架倒是聲音清脆地落了地。

劉易士將項鍊撿起來，原本銀白的十字架已變得灰撲撲。

見狀，眾人的心都懸了起來。

「真凶。」

路樂皺眉，護身符還沒落地就燒完了，這凶的程度和國外的大古墓都有得一拚。無聲無息就出現一個這麼凶的地方，這也真是古怪，通常凶地都得先鬧出不少見鬼的傳言，甚至出過人命後，才會漸漸凶到這個程度。

「十字架的狀態還不算非常差。」劉易士檢視十字架，「看來這妖鬼的路線偏向東方，我的聖書效果可能有限，要靠你們了。」

路樂倒是十分樂見這點。雖然兒子猛如虎，砍妖殺鬼不分東西南北方，但是之前才遇見一隻少見的魔物，如果現在又是偏西方的妖物，她真得想想其中的關連性了。牽扯到魔物的事情，通常都十分詭譎，處理起來也是麻煩重重。

「那個，我想問一下……」姜子牙小心翼翼地問：「是不是只有我看見司命的臉上戴著一張面具？半黑半白的全臉面具。」

聞言，其他人立刻看向司命，就連司命本人都反射性往臉上一摸。原本纏滿繃帶的傷臉，現在竟真的戴著一張面具！

司命驚訝極了，在姜子牙開口之前，他真的沒注意到臉上有什麼，只覺得自己的狀態挺好的，原本纏繞著他的病痛也幾乎感覺不到了。

他試著將面具稍微掀開，想摸摸看底下的皮膚到底是燒傷狀態還是完好無損。但這面具卻像是被牢牢粘在自己的臉上，完全摘不下來。

傅君嘟起嘴咕噥：「沒有太一輔助，司命都能進行化形，就連子牙哥都比我厲害……」

姜子牙連忙搖頭：「這跟我沒有關係吧！進霧氣之前，司命臉上還沒有面具，是進來以後我偶然看了司命一眼，才發現他戴著面具。我以為自己又跟之前一樣，眼睛看見的東西跟大家不一樣，所以才問問看。」

這次絕對不是他的問題！姜子牙敢賭上自己的左眼發誓。

「真有意思。」

路樂上下打量著司命。這九歌的傳承果真很詭異，幸好這張半陰半陽的面具看上去並不陰冷，否則她可能會想讓兒子先砍同伴一刀，試試對方到底是妖是人。

但話說回來，剔變成現在這樣，不知道砍到人會不會出事……

路樂看向老公，又覺得現在不是時候。罷了，還是等出去再說，在這裡受傷太不明智了。

劉易士莫名一陣冷顫，偏著頭打量司命，問：「是不是連衣服也有些變了？我記得原本應該是亞麻色的長袖長褲，沒什麼花色，如今看起來卻很不一樣。」

眾人看向司命的衣服，原本的亞麻色像是褪色了，變得接近灰色，卻又帶著點光澤感，布料細看甚至有紋飾……

姜子牙立刻認出來：「銀灰色！我第一次在書店看見你的時候，你穿的古裝就是這個顏色。只是現在的顏色好像沒有當時亮眼，變成灰大於銀的感覺。」

司命舉起手來，本想看看所謂的灰大於銀的顏色，但卻發現手上的繃帶也消失了，底下並沒有燒傷，而是光潔瑩白的皮膚，看起來甚至比女孩子的肌膚更好。

司命不是第一次看見自己身上沒有燒傷，就如傅君所說，他能夠化形，哪怕是死神那種可怕且巨大的外型都可以化出來，端看亡魂心中是想著自己會被以何種方式引渡。

但他從未看過自己穿上姜子牙口中的古裝，倒是多次見過「東皇」。傅太一也是目前唯一能真正成為「九歌」的人，這還得歸功於那張意外尋回的日芒面具。

或許，這次真能親眼看看「司命」？

但這契機卻是在傅太一陷入危機的時候出現，讓司命的心情十分複雜。他們九歌似乎總是離不開災難二字，一個個皆是斷情絕義之身，一個不慎甚至連自己都會直接沒命，如傅君的哥哥……

最後真能如傅太一的願，湊齊九歌嗎？

多半不能吧？司命嘴上不說，心裡卻抱持著悲觀的念頭。哪怕湊不齊九歌下場最慘的人就是他，他還是認為離九歌湊齊之日遙遙無期。

司命深呼吸一口氣，平復心情後說：「如果是我現在的模樣，應該能幫上一點忙了。」

他完全感覺不到燒傷的痛，以往只有在東皇輔助他出去渡魂時，才能夠享受短暫的無病痛時間。

這界該不會和傅太一有關係？司命突然閃過這個念頭，自己也嚇了一跳。他的直覺一向頗準，想到這點，他的不安更盛了。哪怕是東皇，也難以長時間支撐這麼大的界吧。

眾人不再糾結司命的造型，反正已經有剔這把古劍在前方飛著了，再多個古人似乎也不奇怪。

司命請姜子牙牽著傅君，這樣有必要的時候他才能毫無顧忌地去幫忙。路揚讓剔飛到空中，這樣一來，不管妖物從哪個方向過來，剔都能第一時間趕到。

一行人沿著步道前行，雖然道路兩側有路燈，此時也正亮著，但照亮的範圍之小，幾乎只有燈下一圈，周遭還是一片漆黑。反倒是往上看時還能看見天空，但也是一片灰濛濛。

「好像一直有股臭味，對吧？」

路揚轉頭問姜子牙，但後者還沒來得及回答，路樂就說：「這是腐屍味，古墓裡常有的味道，在這裡出現就不妙了。恐怕有不只一個死者，才會有這種味道。」

路揚嘆道：「來的路上查過資料，完全沒有說這邊有發生過案件，難道是沒被發現過的凶殺案嗎?解決完事件後，可能又得找胡立燦過來了。這裡不是他的轄區，恐怕會有點麻煩。」

「這些瑣事之後總能解決，現在專心一點。」

劉易士覺得兒子看起來不夠警戒，這麼大的界，敵人恐怕不比之前的徐喜開來得好應付。

想到上次兒子中槍，還是自己開的槍，雖然是被人設計的，但劉易士仍舊不能釋懷，一想到就心口隱隱作痛。幸好兒子身強體健，威猛不似人，出院後一樣活蹦亂跳，沒半點後遺症，他這才稍稍平復一點。

路揚點頭，努力擺正姿態，但周圍一片黑暗，他想專心都不知道要往哪專心，根本看不到東西啊！

他不自覺地看向姜子牙，期盼地問：「你有看見什麼嗎？還是和我們一樣周圍黑漆漆，什麼都看不見？」

「周圍確實很黑，沒辦法看太遠。」姜子牙皺眉說：「但我覺得腳下的石板步道看起來怪怪的，不太像新鋪的路。這裡不是還沒開幕的新飯店嗎？怎麼這步道好像很有年代的感覺。」

眾人一聽，立刻朝腳下一看，果然如姜子牙所說，步道的石板顏色不一，表面帶著腐蝕風化的凹凸不平痕跡。別說新飯店，登山步道都不見得有這麼古老的石板。

不知這又是姜子牙的眼睛發威，還是大家剛才真的只顧著警戒周圍的黑暗，竟然完全沒注意到腳下。

「搞屁啊！」

路樂更是沒忍住，一句髒話脫口而出，隨後被劉易士提醒了句「老婆，有小朋友在呢」，她一臉便祕，但沒再出口成髒。

劉易士幫老婆解釋：「這石板和我們下過的古墓地板非常相似，你們看這些石板，多是凹凸不平的地方，這是長期腐蝕出來的，很少是直接斷裂，因為不會有人在上面踩踏。」

周圍若有似無的臭味是腐屍味，腳下踩的石板像是古墓地板，所以他們到底身在何方？

即將開幕的山間飯店，還是……

古墓？

節之二：無聲廝殺

「老婆，妳帶桃木劍、黑驢蹄子和糯米了嗎？」

發現自己可能身處古墓，劉易士由衷地希望這三樣東西通通都有，否則他背後的包包這麼重，裡面到底裝了什麼？

「我……」草。

看見傅君這個小朋友，路樂硬把第二個字吞回去，改口：「糯米帶了，黑驢蹄子和桃木劍都沒有！又不是下古墓，只是到飯店救人，我帶黑驢蹄子幹嘛？況且還有咱兒子在，他那把剔不是比桃木劍有用嗎？」

「那背包裡除了糯米，還有什麼呢？」

劉易士覺得老婆選擇不帶的東西確實有道理，偏偏他們很可能遇上了沒道理的情況。明明是踏入飯店大門，卻像是進入一座古墓，縱使劉易士和路樂多年南征北討，這等離奇的事件也是不多見。

路樂皺眉細數：「符咒、紅繩、香、香爐灰、一對筊、摺疊工兵鏟、登山繩和掛勾，巧克力和大罐可樂。」

姜子牙越聽越怪，尤其是後面幾項，聽起來一點都不像能用來斬妖除魔的東西，滿眼問號地看向路楊。

雖然路揚解決案件根本不需要帶這麼多東西，頗有一把劍走天下的豪氣，但平時總被父親跨國騷擾，各種大事件聽得多了。

他解釋：「我爸媽參與的案件都很大，常常需要到荒郊野外或者古墓裡，工兵鏟的用途很多，登山繩和掛勾可以攀爬或者下降，更多的是用來救人。很多妖物沒有直接傷人的能力，多半是讓受害者陷入幻覺，自行從高處摔下去。」

原來如此。姜子牙舉一反三，自動明白巧克力和可樂是做什麼用的，畢竟他身邊有個路揚總是陷在界裡出不來，隨身帶點高熱量食物飲料，才不會等到界沒了，人卻饑渴到無力除妖了。

劉易士把紅繩從背包拿出來掛在腰帶上，然後挑出辟邪符咒發給在場所有人。一人五枚折成八卦形的符，全身口袋都塞好塞滿，有個擅長畫符的老婆就是可以這麼豪氣！

當他將符遞給司命的時候，對方卻沒有立刻伸手接。劉易士的動作一滯，像是沒有發覺似的，只是暗中觀察，卻因為面具遮擋的關係，沒能看清對方的表情。

但接下來，司命還是伸手接過辟邪符了，只留下三枚給自己，將兩枚放到傅君的口袋，讓後者身上的符多達七枚。

劉易士暗想：幸好你接了符，要不然真想讓兒子砍你一劍試試！夫妻的想法在此刻神同步了。

「接符前，我遲疑了，如今的自己究竟算是什麼呢？這符會不會傷到我？」

司命捏著八卦型辟邪符，端詳著自己的手指，似乎沒有因此受傷。

他輕聲說：「幸好這符沒有真的『辟』了我，雖不知還算不算是人，但至少還不算『邪』吧。」

見他如此坦率，劉神父對於自己的陰暗想法感到愧疚，連忙畫個十字對主懺悔，安慰司命道：「你這狀態並不是那麼獨特，在國外，這種事也不少見。」

雖然也不多見。他默默在心中補上這句。

「不多見嗎？」司命喃喃，不等劉易士回應便自己解釋：「在東皇的輔助下，我可以探查到旁人的想法，一直都是用這個能力來探查亡魂。如今在這裡，我似乎不需要東皇的輔助，也能夠擁有一些能力。」

喔，被拆穿了嗎？即使知道內心會被探查，劉易士依舊老神在在。能夠探查人心的妖魔鬼怪族繁不及備載，老早就習慣成自然了。

他解釋：「是不多見，但只是我見不到而已，還是可以聽到不少。很多傳承都藏得很深，不願輕易曝光，免得惹來麻煩。你們不也是嗎？」

「而且……」劉易士看向兒子，無奈地說：「我懷疑剔可能會成為傳承般的存在。」

聽到這話，路揚和姜子牙抬頭看向剔。姜子牙正想調侃路揚還沒成家就有傳家之寶，剔卻突然衝下來，繞著路揚飛了整整三圈，最後竟劍指劉易士，幸好沒有真的上前攻擊。

「……翻譯一下？」

姜子牙真心好奇剔的意思。

路揚搔了搔臉，有些不好意思地說：「剔說我爸錯了，人在劍在。」

第二句沒說，這種地方實在不適合說出來觸霉頭，但眾人都明白，剔的真正意思是第二句——人亡劍亡！

「我兒運氣真正不錯。」路樂看著剔又看看姜子牙，滿意地點頭說：「有好兄弟又有好劍相伴。」

「剔也是好兄弟！」路揚脫口而出，他從不把對方當成一把劍。

這位劍形兄弟卻突然飛上半空，在眾人上方盤旋一圈後，劍指向某處。

「有狀況！」

路揚提醒眾人，自己也進入戒備狀態，看向劍指的方向，卻驚異地發現灰霧開始退後，他能看見的距離越來越遠……

灰霧一路退，最後凝聚在遠方，竟形成灰影幢幢，一字排開，前後交疊，完全數不清到底有多少東西。

怎麼可能有這麼多妖物！這是幻覺？路揚立刻看向姜子牙，後者卻一臉震驚。

看到這表情，路揚覺得不妙了，連忙問：「那是什麼？」

「軍、軍隊！」

姜子牙驚訝得都結巴了，在他眼裡，遠方的灰影完全是一整支軍隊啊，甚至都還立著旗幟呢！等等，旗面好像有字……李？

軍隊？路揚一怔，他還沒反應過來，路樂就開口更進一步問清楚。

「是古代軍士？穿盔甲的？」

路樂的經驗豐富，在古墓撞見古代軍士是常有的事。雖然她不明白怎麼好好的飯店會變成古墓，但這不妨礙她用進過無數古墓的經驗來判斷。

「對！」姜子牙立刻用力點頭。

這時，剔一聲長鳴，調換劍尖所指的方位。路揚順著看過去，倒吸一口氣，另一個方向竟也是一整片的灰影。

「形態好像不太一樣？」劉易士眼尖地發現另一邊的灰影體型不太相同，如果他沒看錯的話，這似乎是……

「他們騎著馬。」姜子牙已經先說出答案，還更進一步描述：「隊伍比另一邊亂，沒有排得很整齊，人數也比較少。」

「你看得出真正的妖物藏在哪嗎？」

路揚不相信真有這麼多妖魔鬼怪聚在這裡。就算這飯店直接蓋在墓地上，也沒有這麼生猛吧！

只是他判斷不出製造幻覺的妖物到底藏在哪，以往路揚仗著有剔在，直接一力降十會，統統打一遍，總會打中該打的東西。

但現在這個「統統」真的太多了一點，他可不敢托大地認為自己真能一個打全部，只能寄望姜子牙的眼睛能不能找出來了。

姜子牙緊張地說：「可我看他們都是真的啊！本來只看得出是軍隊，現在越變越清楚了。人多的那邊，他們的盔甲造型都一樣，步伐超整齊，看起來好像是支很厲害的軍隊。」

聞言，路家三人覺得不太妙，哪怕路揚再威、剔如今宛若仙劍，也沒沒辦法一上來就打兩支軍隊的吧！

姜子牙盡責地繼續描述：「另一邊騎馬的，衣服就不太一樣了，也沒有穿盔甲，就是古代的衣服，看起來有點厚，好像還背著弓。」

這是兩軍對峙？路樂和劉易士互看一眼，都在對方的鬆一口氣表情中得到答案——他們這行人恐怕不是這兩支軍隊的目標。

「總之我們先退開，別站在兩支軍隊中間——」

不等劉易士把話說完，兩邊的灰影軍隊就開始動作了。

他們用手上的劍敲擊盾牌，鼓譟挑釁，明明該是聲響震天的情況，實際卻寂靜無聲，讓人不禁懷疑是不是自己的耳朵出問題了。

忽然，步行的那一方軍隊從中讓開一條小道，一名手持長劍的大將走到最前方，高舉長劍，所有人影瞬間停下敲盾鼓譟的動作，安靜等候。

出現這麼明顯的變化，姜子牙自然緊盯不放，有點不確定那名大將在舉劍之前，是不是朝他們這邊看一眼？

距離太遠了，而且他們站在兩邊軍隊的正中央，說不定那個大將看的其實是另一邊的軍隊也說不定……

路揚瞇著眼睛，問：「我該砍的妖是他嗎？」

姜子牙遲疑了一下，還是決定相信自己的感覺，說：「他剛剛好像看了我們一眼，但我不能確定。」

路揚一聽，決定了，砍他！

奈何不等他指揮剔上前砍妖，大將手中的劍已揮下，軍隊傾巢而出，而另一邊的軍隊也沒有示弱，同樣開始衝鋒。

見狀，路揚頭皮發麻，立刻讓剔飛下來，卻不知該打哪邊。敵人實在太多了，而且那個大將竟然沒有衝過來。不敢親自過來，果然真正的妖物就是他吧！

看著密密麻麻的軍隊，路揚的頭皮有點發麻，本來沒有的密集恐懼症都快犯了。但他還是一咬牙，想著說不定這只是一些幻影，根本阻擋不了剔，直接飛過去砍暴對方，或許幻影就消失了。

但路揚行動前還是先回頭看看爸媽，想確定兩人的意思。畢竟他沒有下過古墓，不知道這麼做對不對。但就是這麼一個遲疑，讓他錯失了機會。

兩軍衝刺的速度比想像中快多了，本來還在遠處，一個眨眼就近在咫尺，簡直像瞬間移動。

「剔，過去砍了那傢伙！」

路揚已經看不見那名大將的身影，只能指望剔成功砍死對方。剛下完指令，兩邊的軍隊就如兩波灰色浪潮匯集在一起。

想跑已經來不及了，只能全力防禦，劉易士的聖書發出光輝，路樂和路揚凌空畫符……

姜子牙嚇得急忙緊抱住傅君，因為他看得太過清楚，彷彿自己真的在兩軍交戰之處面對來襲的大軍，又被前後夾擊無路可逃，他恐懼得動彈不得，唯一的念頭就是用自己的背脊幫孩子擋點傷害。

當馬匹來到面前，前腳高舉，即將踏下來時，姜子牙第一次知道原來馬是這麼巨大且可怕的動物……

幸好路揚及時衝過來，全力一腳朝馬脖子踹下去，連士兵帶馬一起踹歪。人馬雙雙倒地時，竟直接化為灰霧消散無蹤。

……也是第一次知道路揚比馬還生猛！姜子牙哭笑不得，整個人被路揚從地上扯起來，心驚膽顫地看著周圍無聲的凶狠廝殺。

騎馬的那方軍隊戰力強大，單兵一個衝刺就能刺死一名敵人，或者利用馬匹直接將敵軍踏於蹄下。

步行的兵團也不是省油的燈，他們人數多，手持大盾與長槍，多人集合成盾牆，就能利用長槍刺死被擋下來的馬。

但所有陣亡的士兵都在倒地之際化為灰霧，地上一具屍體都沒有。

直到這時，姜子牙突然發現，這些互相交戰的士兵似乎傷不到他們，但也不是完全碰觸不到，他能感覺到被撞上，甚至被擠開，但是完全不會痛。

只是會被擠開這點十分不妙，所有人都發覺自己正被這些廝殺的士兵擠走，逐漸遠離其他人。就算努力想擠回同伴身邊，卻根本擋不住灰色浪潮的衝擊，漸漸遠離彼此……

原本路揚還能靠著力氣大硬拚，但姜子牙看見路揚突然一個回頭，疑惑地喊了聲「剔」，然後就瞬間被擠走，整個人消失在廝殺的士兵中。

他也看見不遠處的劉易士艱難地把紅繩綁到自己和路樂的腰間，路樂已將纏在左手上的銅錢鍊取下，宛如使鞭一般揮舞得虎虎生風，逼退周圍的士兵。

然而這逼退卻只是暫時的，當更多士兵抵達戰場中心時，路樂還是擋不住四面八方的浪潮，直接被推離姜子牙的視線範圍。

因為被士兵擋住視線，姜子牙沒看見那紅繩是不是真的能讓劉易士和路樂不分開，但他肯定是和路揚分開了，司命也不知被擠去哪裡，根本沒看見他。

姜子牙不知能怎麼辦，但知道自己現在最重要的任務就是抱緊傅君！

其他人都很有能力，就算單獨走也比他更有活命機會，根本輪不到他去擔心別人。只有傅君是個小孩，絕對不能弄丟！

姜子牙咬牙抱緊傅君，說：「小君，你要緊緊抱住我，千萬不要鬆手！」

「嗯！」傅君知道嚴重性，就算被姜子牙緊抱到覺得痛也沒喊，反而把自己的雙手雙腳都用上，像隻八爪魚般死死抱住姜子牙。

在浪潮中，姜子牙根本不知該往哪走，事實上也輪不到他選擇方向，只能隨波逐流，被擠向遠方。

途中，他不斷高喊：「路揚？劉叔叔？路姨？司命？」卻完全沒有得到回應。

姜子牙被徹底擠出軍隊廝殺範圍的時候，累得只能癱在原地，看著眼前的兩方軍隊彼此衝刺廝殺，長槍刺入胸口，馬匹踏進肚腹，「死者」重歸灰霧。

最後，兩方軍隊廝殺殆盡，再度化為籠罩在周圍的濃霧。

只是現在只剩下姜子牙和他懷中的傅君，卻不見其他人。

姜子牙冷靜地喊了聲：「路揚？」

沒有回應，他便不再亂喊了。要是引來的不是路揚，那可就慘了。人都不見了，姜子牙也沒辦法，只能先顧著身邊的人。

「小君你還好吧？」姜子牙低聲問：「已經沒事了。」

聞言，傅君總算敢放鬆一點，他抬起頭來，卻是滿臉驚愕地脫口：「哥哥？」

聽到這稱呼，姜子牙有點訝異。雖然傅君確實叫他子牙哥，但從來沒有直接叫「哥哥」，而且這語氣怎麼聽起來這麼奇怪？

「你沒事吧？」姜子牙疑惑地問。

「我？」傅君鬆開手腳，急著幾乎要哭出來，大喊：「是你沒事吧？哥你、你不是被殺掉了嗎？原來你沒有死掉嗎？明明還活著，為什麼不來找我，哥哥你太壞了——」

說到一半，傅君忍不住哭了。

他怎麼就被殺掉了？是什麼時候的事啊！姜子牙連忙摸摸自己的胸口，明明就有心跳，別嚇他啊！

傅君卻抱著他哭個不停，姜子牙也不知該怎麼辦。

「小君，你到底——」

話說到一半，姜子牙發覺不對勁。懷中的傅君好像比之前小了很多？重量越來越輕，但這怎麼可能呢，他抱了這麼久，只可能因為疲累而變得越來越重吧！

接下來，姜子牙眼睜睜看著傅君哭到「縮水」，從一個國小學生縮成幼稚園兒童，他完全不明白現在是發生什麼事了，懷中這個真的是傅君吧？

「小君？」他惶惶然地問：「你、你沒事吧？」

傅君抬起臉來，一張小臉滿是迷糊，似乎有點搞不清楚狀況。

姜子牙左端詳右檢查，沒看出別的，這確實是傅君，只是小了好幾歲。

傅君看著姜子牙，隨後又低頭看了看自己縮水的身體，他小心翼翼地問：「哥哥，真的是你嗎？」

姜子牙驚悚地看著傅君，正想回答「你在問哪個哥，我是你子牙哥」時，卻聽見自己用好氣又好笑的語氣回答：「不然你覺得會是誰呢？」

傅君遲疑，隨後搖了搖頭說：「沒有，我只是搞錯了，哥哥，我們在哪裡？」

「遊樂園啊，你睡個午覺還能把自己睡傻了？時間不早了，我們逛完你想逛的鬼屋就該回家了。」

聞言，傅君左右張望，周圍真的是一座兒童樂園，甚至人來人往的，每個人臉上都帶著笑容。也只看得見笑容，其餘的五官彷彿被偷工減料，根本看不清楚。

傅君收回目光，轉而看著哥哥許久，珍惜地牽起哥哥的手，用力點頭說：

「嗯！哥哥說去鬼屋，那就去鬼屋。」

等等，傅君，那不是鬼屋——

姜子牙根本沒辦法控制自己，他牽著傅君，一步步走向灰霧之中。

節之三：東君・副君・傅君

「小君，怎麼了？你不是一直吵著要來遊樂園嗎？真的帶你來了，你卻不開心，難道不好玩嗎？還是不敢進鬼屋？」

傅君抬頭望著哥哥，對方皺著眉頭，不像剛才笑臉盈盈。

但哥哥確實不是很常笑的人，大概是日子過得太難了。他們總是不斷搬家，有時甚至都不是真的住下來，只是住個一兩週，傅君還常常被獨自放在家裡，因為哥哥要去工作，不是每個工作都可以帶著他去。

傅君最喜歡的是超商的工作，他可以坐在超商吹冷氣看著哥哥工作，還常常有只過期一小時就被淘汰的超商食品可以吃。

但後來，哥哥都不找超商的工作了，更常找穿著厚重玩偶裝的臨時打工，沒穿玩偶裝的時候，還總是戴著口罩不肯露臉。

哥哥明明就長得很帥！

傅君覺得哥哥是世界上最帥的人了，但卻因為大熱天穿著玩偶裝，常常熱得滿臉通紅甚至發疹。

傅君抬頭盯著哥哥不放，原來是真的很帥啊，不是回憶最美那種錯覺，就算老是皺緊眉頭，也可以說是憂鬱型帥哥嘛。雖然還是不如路揚哥啦，但不用跟那種犯規的人做比較。

對了，路揚哥不知道怎麼了？

傅君跟大家走散了，結果卻遇到哥哥。

雖然知道這是不可能的事，但他還是沒忍住，想著只跟一下下就好，若是情況不對，他就立刻脫身，自己身上有七枚辟邪符，還有太一給的手機和保命手段。

一定沒有問題的！

只是自己怎麼會一個人走散了？傅君遲疑地想，司命沒有太一輔助，做不到多少事情，沒能跟著他也不奇怪；劉叔叔和路姨被團團圍住脫不了身；路揚哥好像是去支援剔，因此拋下他嗎？

總覺得好像有哪裡不對。

傅君皺眉，想拿一張辟邪符出來試試，卻又害怕這符把哥哥給「辟」了。

他正猶豫不決的時候，卻被捏了捏臉頰。

「小君？在想什麼呢？整個人這麼呆。」

傅君順勢問：「在想為什麼我們要一直搬家，不能住在一個地方就好？」

對方沉默良久，敷衍地說：「等你再大一點，哥哥就跟你說為什麼。」

傅君激動地反駁：「不行，我現在就想知道！」

根本就等不到再大一點了！

「齊小君，你今天的問題真多，好吧，玩完鬼屋就告訴你，好不容易排到了，不玩也可惜。」

聞言，傅君這才不再堅持，嘟嘴反駁：「不是齊小君啦，是齊君！齊大彥！」

「亂叫，我是哥哥，弟弟不可以直呼哥哥的名字。」

齊彥擺起哥哥的譜，卻只是玩笑話，根本沒有跟弟弟計較的意思，反而伸出手，說：「來，我們進鬼屋吧，『齊君』。」

望著那隻手，傅君不知為什麼眼中一熱，立刻握住哥哥的手，一起走向鬼屋。

鬼屋的大門像是古代建築，整體卻是石造的，角落縫隙都有蛛網纏繞，地上雜草蔓生，整個場景看起來非常逼真，完全看不出造假的痕跡。

「古墓？」

傅君一眼就認出來了。沒辦法，有個傢伙總會帶著他亂看一些小孩子不該看的東西，像是古墓、蔭屍，甚至鬼啊妖啊什麼的。

就連司命這麼溫柔的人都為此念過傅太一好幾次——對了，他們是來救傅太一的！

傅君猛然想起這點，頓時感到十分愧疚，他把姜子牙和路揚都拉來救人，結果自己卻在這裡耽擱時間……

內心萬分糾結，但傅君抬頭看見哥哥，掌中握著哥哥溫暖的大手，卻又忍不住想著只耽擱一下下就好，這可能是唯一能夠再次看見哥哥的機會。

太一那麼強，頂多是被困住而已吧？路揚還帶著他爸爸媽媽過來了，就算沒有他也能救出太一吧？

傅君努力找著留下的理由，只要等他逛完鬼屋，打聽出當年哥哥為什麼會死，立刻就去找其他人會合。

就算到時候捨不得走，他還是會走的。傅君覺得自己可以分得清楚，哥哥已經不在了，這裡的「齊彥」不過就是妖物利用自己內心的渴望，創造出來的假哥哥罷了。

但就算是假的，還是有可能從他那裡得知真相，畢竟當年出事的時候，傅君年紀太小，很多事情都不記得了，但或許這些事還深藏在他的記憶深處，妖物可以從中挖掘出真相。

都怪傅太一，不肯幫他挖掘，說他年紀太小，用強硬的手段可能會傷害到他，要等大一點再說。

傅君不是不明白太一的關心，但他還是太想知道真相了，那是他唯一的哥哥啊。

牽著齊彥的手，傅君走到古墓門前，那裡有個服務人員正在笑著說：「哎呀，來了個好可愛的小朋友喔！來，敲敲門，就可以進去了喔！」

傅君遲疑，在界裡面敲門，絕對是件很危險的事情，這很有可能達成邀約，導致他被困住出不來。

就算傅太一給的保命手段再多，傅君也不認為自己可以不斷找死還沒事。

正猶豫時，齊彥卻先上前敲門，傅君瞪大眼，完全沒想到他會這麼做。

鬼屋的石製大門緩慢而沉重地打開，透出一股陰冷幽遠的氣息，還有古怪的悶臭味，就像是之前若有似無的腐屍味，只是現在變得更加悶濕且濃重。

這真的只是幻覺嗎？這念頭剛起，傅君就聽見齊彥說：「不敢進去嗎？不是跟我吵著說一定要玩鬼屋嗎？就因為看見一支電視廣告，你說裡面的女鬼好像媽媽，還記得嗎？」

傅君想起來了。他獨自待在旅店，房間又小又陰暗，那陣子，哥哥好像很缺錢，沒辦法租條件好一點的地方，當時他很害怕，只能整天盯著電視，在上面看見遊樂園的鬼屋新開幕。

廣告裡，女鬼穿著白色的蕾絲睡衣，胸口還打著蝴蝶結，雖然雙手和裙襬都染著血，看起來還是不怎麼可怕，反而讓他想起媽媽也總是穿著那樣的衣服睡覺。

傅君想起來了，年幼的自己當時又哭又鬧，就是要哥哥帶他去鬼屋看媽媽。

他記得當時，齊彥皺著眉頭不說話，轉頭又出門，他倒在床上哭著說討厭哥哥，再也不要理他，哭著哭著就睡著了，隔天早上被哥哥搖醒說要帶他去樂園玩。

明明都快沒錢住旅店吃飯了，哥哥到底出門做什麼，才能湊出去遊樂園的錢來？

傅君的淚花在眼裡打轉，更加握緊齊彥的手。

「有哥哥在，我不怕！」

齊彥的眉頭鬆開了，幾不可見地彎了彎嘴角。

「哥哥一直都在齊小君身邊，喔，又說錯了，是齊君。」

「齊小君也可以啦。」他咕噥：「反正我就是還小嘛！」

看著弟弟服軟了，齊彥再次彎彎嘴角，牽起弟弟齊君，兩人踏入鬼屋之中。

你到底是誰？

姜子牙牽著傅君，然而身體卻完全不受自己控制。

他看得見，卻不能控制自己往哪看；他能開口，卻說出完全不是自己聲音的話來；他也感覺自己牽著傅君的手，卻不能選擇要繼續牽著他，或者用開叫他快跑。

這種不能控制的感覺可怕到不行，彷彿自己的身體被什麼東西奪走了，他只能眼睜睜地看著事情發生，卻什麼都做不到。

如果這個控制他身體的不知名東西要傷害傅君呢？

姜子牙不敢想像自己得眼睜睜看著這種可怕的事情發生，用的還是他的身體。

傅君看起來也越來越不對勁，原本姜子牙看他好像還有點警戒心，甚至打算套話的樣子，結果隨著這個「齊彥」說出往事，傅君似乎也漸漸放下戒心，最後甚至以「齊君」自稱了。

在兩人牽手走進鬼屋的時候，姜子牙都能從傅君牽著自己的力道中，感覺出他是多麼信任這個人。

這導致踏入鬼屋後，姜子牙整路都在提心吊膽，在這個時候進鬼屋，怎麼想都很不吉利啊！

姜子牙戰戰兢兢看著齊彥和傅君逛鬼屋，結果從一開始的緊張萬分，看到最後卻是滿滿的無言以對。

看過一堆真鬼扮成假鬼嚇人的場景沒有？反正他是第一次見，頗有種活久見的大開眼界感。

粗糙的假傷妝底下是真正的猙獰傷口。

布料差得到處脫線的黑白無常服蓋住的是破損的古代盔甲和大片血跡。

斷頭臺底下的頭假得像是一團髮菜，但真的腦袋就在斷頭臺後方的兩腿之間，努力把自己滾進衣服的下襬中，卻還是鼓起一大坨，還露出後腦勺！

姜子牙表示完全不能理解，你們何必偽裝呢，真面目要恐怖得多了啊！

在鬼屋走了十來分鐘，齊君終於遇到最想看見的睡衣女鬼，她要比電視廣告上美得太多了。

女鬼對齊君伸出染血的雙手，卻不像是要嚇人，反倒是要齊君過來抱抱的模樣。齊君遲疑了一下，還是選擇撲進女鬼的懷抱。

「媽媽。」齊君小小聲地喊，即使他知道這絕對不是媽媽，連年齡都對不上，女鬼看起來太年輕了，都不知道有沒有二十歲。

女鬼笑得十分開心，抱著娃娃，還揉揉孩子的頭。

姜子牙感覺這整件事都怪怪的，但也不免鬆了口氣，看這個狀況，他們對傅君似乎沒有惡意？

雖然他也有點憂慮，傅君該不會被控制他身體的鬼和這女鬼抓去當兩人的小孩吧？但比起自己有可能被操控著去傷害傅君，眼下的狀況還是好得太多了。

等齊君離開女鬼的懷抱，重回齊彥身邊後，女鬼看向姜子牙，欲言又止。

不，不是欲言又止，而是她真的說不出話來，女鬼張嘴說話，卻沒有發出聲音。她嘆了口氣，微微下蹲行禮，姿態古典又優美，隨即往後退入黑暗之中。

姜子牙感覺到自己的身體似乎微微點了點頭，這是在跟女鬼道別嗎？

齊彥低頭問弟弟：「鬼屋好玩嗎？」

齊君想了想，既不想騙哥哥，又不想回答不好玩，這些鬼根本嚇不倒他，只好避重就輕地說：「我喜歡女鬼，她好漂亮，哥哥你娶她當新娘好不好？」

齊彥哼了聲：「人小鬼大，既然逛完了，那我們就出去吧。」

話剛說完，前方竟真的出現一個出口。見狀，姜子牙又開始提心吊膽，擔心不能順利走出鬼屋。如果真的毫無阻礙地走出去了，那他們誘騙傅君進來幹什麼？總不會是來抱抱女鬼的吧？

但他們真的順利離開鬼屋，甚至回到下榻的旅店。姜子牙知道這全是幻覺，他們肯定還在山林間居，畢竟土石流把路都塞住了，根本出不去。

齊彥伸手去開房門，見狀，齊君不知為何，突然有種迫切的心情，立刻問：「哥哥你答應過我，逛完鬼屋就告訴我，為什麼我們要一直搬家。」

齊彥拉著門把手，沉默了一陣後說：「我以為你已經忘記了。」

齊君也覺得自己忘記很多東西，但這個問題卻一直在他腦海裡盤旋，是絕對不可能遺忘的事情，一定要問出來得到答案。

齊彥沒有回答，而是先拉開房門，卻沒料到一頭巨大恐怖的黑色野獸衝了出來，他閃躲不及，竟被直接咬掉左手。

但齊彥沒喊痛，而是反應迅速地單手抄起弟弟，朝著逃生門的方向衝，及時在黑色野獸追上來之前，衝進逃生梯，一把將門關上。

逃生門被撞得砰砰作響，按照野獸的大小，這門應該是擋不住的，但那頭野獸卻硬是沒能突破這道門。

齊彥單手挾著弟弟，拚命跑下樓梯，然而在大量失血的狀況下，他沒跑多久就摔倒在地，連弟弟都摔出去了。

齊彥滿頭大汗，臉色慘白，催促著說：「小、小君，你快走。」

但見弟弟嚇到全身僵硬，齊彥沒辦法，只好把弟弟塞進打掃櫃中，然後自己掙扎著繼續下樓，只想多往下幾層，免得離打掃櫃太近，害得弟弟被發現。

但沒走幾階，他的膝蓋一軟，再也無力支撐，整個人滾下樓梯，最後再無動靜。

齊君蜷曲在櫃中，嚇得腦袋空白，連動都不敢動，只能瞪大眼，透過櫃門的縫隙，看著倒在階梯上不動的哥哥，大量的血流下階梯，一階、兩階、三階……

然後，那個人來了。

他一看見倒在階梯上的人，立刻衝上前想幫對方止血，但隨即發現這只是徒勞無功，屍身都涼了。

「終究還是來遲了。」那人抱著屍首，悲泣：「我的東君啊……」

事已至此，他只能抱起屍體，回去告訴其他人這個惡耗。

眼見哥哥要被帶走了，齊君終於回過神，他不顧一切衝出打掃櫃，緊緊抱住哥哥垂下無力的手。

齊君死命哭求對方：「不要帶走哥哥，這是我的哥哥，要不然你把我也帶走，好不好？」

那人十分詫異，沉默地看著孩子良久，嘗試著詢問：「斷情絕義，承繼東君，汝可願意？」

齊君聽不懂，但他回答願意，只要不把哥哥從他身邊帶走，他什麼都願意。

回答完，那人雙眼一亮，把他也一起帶走了。

等到處理完哥哥的喪葬，齊君站在齊彥的墓碑前，完全不想離開。

那人牽著他，嘆道：「你哥哥死得如此慘烈，恐怕是有仇家，在我查出來之前，為求平安，先給你改個名字吧。」

「不要，不改名！」齊君立刻拒絕：「哥哥都叫我小君，我不要改名！」

「好好，叫小君，不改名，那跟我姓好嗎？」

那人抱起孩子，耐心地哄：「我姓傅，全名叫做傅太一，以後你就叫傅君吧。」

說到這，他沉吟：「這個名字聽起來竟有幾分注定。」

「往後，東君你名為傅君，為我東皇太一的副君。」

殤九歌

CH.2 心霧迷失

節之一：那場車禍

等等——你要把傅君帶去哪裡？

隨著事情發展，姜子牙差點以為自己要入土了。幸好他並沒有真的被埋進墓穴裡，只是躺在地上，但卻怎麼咬牙掙扎都動不了，只能眼睜睜看著那人把傅君帶走。

那傢伙跟傅君說他是傅太一，但根本不是——他是那名將軍！

距離這麼近，姜子牙終於看清將軍的模樣，他有一雙長眉大眼，長相非常正氣，身穿古代盔甲，腰間懸掛一柄長劍，那把劍的造型十分特別，看起來並不鋒利，反而很厚重，還帶著青綠色鐵鏽，有股濃濃的古老氣息。

雖是古風造型，卻不像姜子牙認知中的中國古劍，跟別的模樣完全不同，他絞盡腦汁在自己少得可憐的歷史知識中尋找，那種劍好像叫做……

青銅劍？

姜子牙努力記下一切細節，等回到大家身邊的時候，有多一點東西可以描述給路揚聽，或許就能從中找出解決方案。

那人拐走傅君時，還冷漠地看了一眼地上的姜子牙，隨後就頭也不回地牽著傅君離去。

姜子牙眼睜睜看著傅君被帶走，又驚又怒，還感覺到自己越來越虛弱，身體甚至漸漸變冷。

被野獸咬掉的左手還在持續失血，姜子牙壓下對於斷臂的恐懼，努力告訴自己，這個傷口根本不是真的，他的手還在，只是被幻覺掩蓋住了而已，念上幾次後，他成功讓身體變冷的速度減緩，但還是感覺自己正在緩慢地無力下去。

「傷口不是真的，只是幻覺而已，你應該能看穿這點。」

姜子牙驚悚了，這話是從他嘴裡講出來的，卻仍舊不是他的聲音，但這裡只剩下他一個人，所以這聲音是在跟他說話？

你到底是誰？

「我是齊彥，齊君的哥哥。」

……等等，你真的是傅君的哥哥？

姜子牙嚇了一大跳，雖然控制他的傢伙之前就自稱是齊彥，但他以為這只是在拐騙傅君而已，難道竟是真的嗎？

那個聲音幽幽地嘆口氣。

「雖然我說自己是齊彥，但應該只是當初齊彥想保護弟弟的最後一點執念，我在當年的事情後就隱藏在小君身上，只有在遇到危險時，才會出現保護他。」

作為雙胞胎之一，姜子牙感同身受。如果他出了什麼事的話，也希望能夠留下一抹執念繼續保護姜玉——啊呸呸，怎麼老是胡說八道觸自己霉頭，他和姐姐都會好好地呷百二！

「然而進到這個界以後，我發覺自己可以做到更多事情，況且小君現在有東皇太一的保護，不再需要區區一抹執念的保護，我這才現身出來見見小君，想來在這次過後，我就會徹底消散了。」

姜子牙恍然大悟，終於明白為什麼那個鬼屋那麼溫馨，原來真的是哥哥帶著弟弟逛鬼屋！

所以，你跟傅君說的話都是真的囉？那你幹嘛還浪費時間帶他進什麼鬼屋，我還以為你想對他幹嘛呢！為什麼不一開始就跟他說清楚，結果現在被人打趴在地上，連小君都被帶走了。

齊彥沉默了一陣，說：「當年，我最後還是沒能帶他進鬼屋，因為鬼屋有年齡限制，小君不能進去，我只是想以齊彥的身分完成這件事。」

姜子牙聽得心都酸了，用一秒鐘懺悔完畢，繼續問：既然你還能說這麼多話，那有沒有辦法爬起來？小君都被帶走了，你還不趕快去保護他。

「小君暫時不會有危險，山鬼會保護他。」

山鬼？難道是那個睡衣女鬼嗎？

姜子牙就覺得對方眼熟眼熟的，原來真是老熟人。只是之前山鬼出現時，毀容毀到都有礙觀瞻了，滿臉橫向血痕，實在看不出真面目，沒想到原來是年輕漂亮的女孩子。

難怪齊彥可以帶著傅君逛鬼屋，還有一堆真鬼在裡面扮假鬼娛樂兩兄弟，原來是有山鬼的幫忙嗎？

老闆本就是來山林閒居找山鬼，所以山鬼在這裡不奇怪，但那名將軍到底是誰？灰霧把所有人擠散的事情是他做的嗎？該不會連土石流都是……不會吧，這也太恐怖了！

姜子牙覺得事情越來越撲朔迷離了。

「我沒有多少力量了，或許在追尋的途中就會消逝，所以要請你追上去。」

喂，有這麼會利用人的嗎？抱怨歸抱怨，姜子牙卻放心許多，看來是沒有被奪走身體的危險了。

「姜子牙，你要明白自己身上的傷口不是真的，否則在你重新掌控身體之後，就會死於斷臂的傷勢，這個傷口出血量太大，甚至都不會有多少時間讓你去說服自己這傷不是真的。」

聞言，姜子牙感到驚悚，卻立刻發現身體已經不冷了。

傳君的哥哥現身，還說出山鬼的真面目，種種真相讓姜子牙根本忘記斷臂這件事的存在。

「看來你已經解決了……」

是的，直接忘記了。

姜子牙也覺得自己有點脫線，但眼下解決身體被奪走的危機，又知道傅君沒有立即的危險，他忍不住好奇地詢問：當年事情經過真的是這樣嗎？

齊彥被咬死後，老闆救下傅君，然後領養他當自己的孩子？

「傅太一確實救下齊君並領養他，但整件事情的經過應該有不少錯漏，這件事情的經過，是根據小君深藏的記憶，他當時年紀很小，記憶本來就不清楚，還可能因太過驚恐，而讓事件的細節扭曲變形，我很懷疑自己真的是被巨大的黑色野獸咬死的嗎？但我只是一抹執念，只會保留最重要的記憶。」

喂喂，最重要的記憶還不包括你是怎麼死的嗎？姜子牙無言以對，這是標準的自己怎麼死的都不知道？

「不包括。」齊彥卻說：「在死的那一刻，我突然明白，齊家覆亡是注定的，若不是我先一步身亡，讓小君成為齊家最後一人，他也是保不住的。

既然如此，我怎麼死的很重要嗎？」

為什麼你家只能留最後一人？姜子牙覺得這也太慘了吧！

「斷情絕義，承繼東君。」

「這話是什麼意思？」姜子牙喊出聲，然後被自己嚇了一跳，嘗試著說：

「我能說話了？」

終於是自己的聲音了！姜子牙鬆口氣，然後發現自己竟然能吐氣了，連忙試著從地面上爬起來，甩甩手動動腳，能夠操作自己身體的感覺真好啊！

但他現在能夠動彈，該不會是因為……

姜子牙輕喊：「齊彥？」

注意左手。

姜子牙嚇了一跳，沒聽見聲音，但好像有人直接在他腦海舉牌似的，齊彥和他的狀況好像互換了？

左手。齊彥有點無奈地提醒。

姜子牙後知後覺地看向左手。完好如初，別說斷臂，連割傷都沒有，果然忘得一乾二淨是正確做法，什麼幻覺都害不了他！

「我的手沒事，你也沒事吧？不會下一秒就消失吧？」

雖然姜子牙不喜歡有人操控他的身體，但對方畢竟是傅君的哥哥，而且都還沒有好好道別呢，就這樣消失，傅君知道以後會哭的吧。

不會，但支撐不了太久。

「我現在就去找傅君。」

姜子牙決定立刻追上去，雖然兄弟倆已經補完逛鬼屋的遺憾，但還是要好好道別，別讓傅君對哥哥的印象停在被野獸咬斷手，血流滿樓梯這種慘烈的畫面上，這絕對是地獄等級的童年陰影！

先去找路揚，除非你想自己跟那名將軍打。

「我去找路揚！」姜子牙立刻改口，疑惑地問：「你知道那個將軍是誰？」

不曉得，我的記憶來源只有當初的執念和齊君，齊君不知道的事情，我也不會知道。

這樣啊？姜子牙皺眉問：「那你是什麼時候跟山鬼取得聯繫？」

我沒有跟她取得聯繫，只是第一眼看見她就知道她是山鬼，我想齊君就算沒認出來，潛意識也知道女鬼就是山鬼，所以才完全不抗拒她。

姜子牙疑惑地問：「沒取得聯繫，她怎麼會幫你做出遊樂園和鬼屋的幻象？」

鬼屋是我……或者說是我利用齊君的能力做的。這個界很奇怪，我們在這裡能做到很多事情，就像有東皇在旁邊輔助。

傅太一就陷在這裡，搞不好還真的和他有關，姜子牙不敢打將軍，但是很想打老闆！

「我該往哪走，才能找到小君？」

姜子牙看看周圍的灰霧，總覺得這次自己的眼睛不像以前那麼好用了。

沒得到齊彥的回答，他的腳卻自行朝著一個方向前進了幾步。

好的喔，身體自己會導航。

姜子牙覺得這挺方便的，只要不去想自己體內有個可以操作他的鬼，就當自己內建導航了。

看著齊彥指示的方向，那裡還是一整團的灰霧，姜子牙咬牙走了進去。

這裡的能見度比剛才的灰霧戰場還低，幾乎只看得見身周一步遠，姜子牙什麼都看不見，走得戰戰兢兢。

走沒多遠，姜子牙就看見兩團亮光，他不知道那是什麼，不敢貿然接近，連忙開口問：「齊彥，你看見那個東西了嗎？」

看見什麼？

「那兩團光啊，你沒看見嗎？」

沒有……你別……幻……

這話怎麼講得斷斷續續？姜子牙感覺莫名其妙，內心通話還有收訊不好的說法嗎？他連忙說：「你再說一遍，我聽不清楚。」

但卻再也沒有收到齊彥的回應。

「齊彥？」姜子牙大驚，該不會已經消失了吧？

遲遲得不到回應，姜子牙沒辦法，再次朝亮光看過去的時候，卻發現那兩團亮光不知何時已經來到不遠處了。

姜子牙正想著要不要跑的時候，兩團亮光就衝出灰霧，露出真面目，竟是車子的大燈！

姜子牙嚇了一大跳，連忙讓到旁邊，眼睜睜看著一輛車開到他的面前停下來，完全不懂這是什麼離奇事件。

駕駛座的車門打開來，一個約莫三十來歲的男人走下來，看著姜子牙說：「你怎麼自己先出來了?媽媽和姐姐還沒有準備好嗎?」

姜子牙張了張嘴，不知該說些什麼，心裡好像有千百萬個問題想問，最終卻只張嘴喊了一聲：「爸。」

姜尚揉揉兒子的腦袋，像是在揉小孩子的頭，完全沒發現這兒子竟長得比他還高，說：「外面這麼熱，你先上車吹冷氣吧，我去幫你媽搬東西。」

姜子牙不敢上車，但也完全不想離開，姜尚沒再管他，在灰霧穿進穿出，彷彿真的在搬東西到後車廂。

隨後，一大一小的女性從灰霧走出來，她們的長相如此相似，任何人都能一眼看出她們是母女。

一看見那名年長一些的女人，姜子牙眼眶一熱，強忍哭音地喊：「媽。」

楊佳吟笑吟吟地親了兒子一口，故意問：「牙牙今天想跟爸爸坐前面，還是要跟媽媽坐後面呢？」

「坐後面。」姜子牙立刻回答。

得到答案後，楊佳吟朝老公丟去一抹得意的笑。

「臭小子，當我很稀罕你呢！小玉到前面陪爸爸坐。」

姜尚用力揉揉兒子的腦袋當作報復。

看著這一幕幕，姜子牙恍惚地想，沒錯了，就是這樣，母親總喜歡跟父親「爭寵」，只要兒女說更喜歡媽媽，她就開心得不得了。

父親總裝出不甘願的樣子，但其實一點都不在乎，如果哪次姜子牙回答說自己更喜歡爸爸，讓媽媽不開心了，爸爸才真的會不高興。

家裡的細節一點一滴地回籠，姜子牙覺得內心好像漸漸被填滿了。

「牙牙，上車了。」

父親坐在駕駛座上，姐姐在副駕駛座，媽媽則坐在後座，三人都從車內往外看著他，姜子牙知道不能上車，他甚至已經明白齊彥那斷斷續續的話本來是要說什麼，那是警告他不要陷入幻覺。

但看著眼前三人，姜子牙一把拉開車門，坐到母親的身邊，貪婪地看著她的臉。

媽媽長得很漂亮，跟姜玉很像，姜子牙一直都是這麼記得，直到今日，他彷彿才明白媽媽原來是長這樣呀，眼睛大大的，鼻子沒姜玉那麼挺，稍微肉肉的，他和姜玉的鼻梁都更像父親，媽媽竟還綁著一頭深棕色的大髮辮。

看完母親，姜子牙看向前座，父親倒是和記憶中的模樣相差不多。

前座的姜玉手裡抱著一只娃娃，白髮藍眼，十分眼熟。

姜玉注意到他的視線，連忙抱緊娃娃，警告：「你不要再搶我的小雪了啦，是你自己要選恐龍的！」

「你居然忘記帶恐龍了？」

「唔，那借你抱一下下喔！等等就要把小雪還給我！」

姜子牙一句都沒有回應，但姜玉卻好像已經得到回答，真的把娃娃遞給姜子牙。

接過娃娃，姜子牙確定這就是小雪的本體沒有錯，果然，當時娃娃也在車上。

再抬起頭，姜玉已經睡著了，而姜子牙也莫名感覺到一股睡意襲來，他努力想保持清醒，但身邊的母親卻輕輕拍著他，讓睏意來得更加凶猛了。

半睡半醒間，姜子牙聽見父母親的談話內容。

「老公，這次的案子真的不太對勁，我總覺得最後解決得太簡單了，一開始的那個界連我都看不穿……」

「但最後妳不也沒再看到什麼了？」

「是沒錯，但那間公寓真的不該再碰了，最好打掉重蓋——不，打掉不蓋更好！」

「恐怕很難，那地段還算不錯，屋主不會輕易放棄，但這次我們處理完，應該短時間內不會有問題吧？」

「或許吧。」

「如果妳不放心，最近幾年就不要接新案了，我們好好休息一陣子，正好現在的租屋處離清微宮不遠，乾脆直接買下來吧，傅太一也在中巷市，他欠我一份情……」

聽到這裡，姜子牙終於沒辦法抵抗睡意，沉沉睡了過去。

楊佳吟轉頭一看，姜子牙手裡的娃娃掉到椅子下面，她連忙拿起來拍一拍，小玉最喜歡這個娃娃了，要是沾到一點髒汙，她得傷心好久。

楊佳吟傾身向前，正打算把娃娃放回前座的姜玉手上，卻從後照鏡中看見不對勁。

什麼都來不及做，楊佳吟只能反射性抱住身邊的小兒子。

嗚……牙牙……嗚嗚……

姜子牙抬起頭來，一眼看見姜玉跪在旁邊，拉著他的手哭。

姐？

姜玉的哭音霎時停止，她詫異地抬起頭來，看著弟弟許久。

「姐？」姜子牙再次呼喊。

姜玉這才回過神來，立刻轉頭大喊。

「爸爸、爸爸，弟弟醒了，牙牙真的醒過來了！」

姜子牙覺得渾身使不上力，努力想爬起身來，卻在一轉頭時，看見躺在身旁的母親，她的雙眼已蒙灰，視線直直地看著他，左手還抓著一只娃娃。

重溫這一段過往，姜子牙痛苦地閉上眼，直到聽見腳步聲。

灰霧中，有個人走過來，姜子牙本以為那是父親，直到身影穿出灰霧，才發現不對，那竟是……

節之二：除魔

一柄古劍以極快的速度飛掠灰霧戰場，直指向軍隊後方的將軍，轉瞬即至，大有就這樣將其穿胸而過的氣勢。

將軍站姿挺拔如松，哪怕看見飛劍朝自己疾飛而來，他也不慌不忙，拔出腰間的青銅劍，在飛劍即將抵之際，一個揮劍將其打飛。

剔被打飛後，停在半空中，似乎有點愣神。在剔的「劍生」中，還真沒有遇過多少妖物能以劍來回擊，就算他們的武器是刀劍，也怕極剔這把斬妖除魔的劍，逃都來不及，怎麼可能上前對砍。

剔回穩氣息，再次衝上前去，與將軍戰得有來有回。將軍手上那把劍的戾氣極重，完全不輸給長年斬妖除魔的剔，而將軍本身更是使劍的能手，這一人一劍的搭配完全發揮一加一大於二的威力。

再次被結結實實擊中，剔直接被打飛好一段距離，這次終於不打算再上前硬拚，而是試著呼喚路揚，一人一劍離得太遠，剔的力量消退不少，而且沒有這樣兩個打一個的！

然而剔卻沒辦法順利聯絡上路揚，似乎是這灰霧的阻礙。

「你有古怪。」

看著飛劍，將軍瞇起細長的眼，懷疑道：「看似仙劍，但刀劍相交之際，我可以嗅出一絲令人不快的氣息，莫非這是——」

飛劍急鳴，隨後直接飛上前衝殺，宛如氣急敗壞，想要阻止對方繼續說下去。

「說中了嗎？」將軍冷哼一聲：「今日就在這裡除掉你，以絕後患！」

「剔？」

路揚感覺到剔的心情異常激動，不由得回頭一望，還沒看見剔在哪裡，卻因為分心導致一個沒站穩，瞬間就被周圍的灰霧士兵擠開好一段距離，才又站穩腳步。

糟糕！路揚心知不妙，再回頭已經找不到姜子牙和傅君了，甚至連其他人也不知被衝散到哪裡，四面八方全是兩股灰霧軍隊在廝殺的場面。

但路揚還能感覺到剔，只是感覺到劍的情緒非常激動，他以往沒有幾次感覺到剔這麼激動。

「剔，回來！」

呼喊後，路揚明確知道剔沒有回來，他皺眉看看周圍，根本看不見其他人，他沒有選擇的餘地，只得朝著剔的方向前進，打算先把剔找回來，以一劍戰兩軍，直接把軍隊滅掉，看你們還擠不擠！

在剔成為仙劍般的存在後，路揚的信心空前龐大，他甚至覺得自己的狀況好得不得了，手能劈磚，一切都要感謝姜子牙這個加強器。

雖然路揚不知道之後要怎麼處理剔有實體、能被旁人看見的局面，但現在的狀況，確實是他和剔越強大越好。

在灰霧浪潮中前行，感覺快抵達剔的所在之地時，路揚聽見一個人說：

「來了嗎？就讓我看看，你們到底是何物。」

什麼？路揚正在疑惑那是誰的聲音時，周圍的灰霧突然全部朝他湧上來。

一開始，路揚還能揮手踢腿，甚至凌空畫符將灰霧逼退，但周圍的灰霧卻源源不絕，逼走一團又是一團湧過來，沒完沒了。漸漸地，路揚動得越來越艱難，最後連手腳都被灰霧擠得不能動彈，霧氣濃重到周圍一片黑暗。

路揚動彈不得，感覺自己被擠成一根長棍子，連手腳都伸不出去，這種奇怪的姿勢除了扭一扭，還真做不到什麼事情。

他皺緊眉頭，照理說，這姿勢應該很不舒服，但他完全不難受，果然又是界讓他產生幻覺了嗎？

這種陷在界裡，雖然不危險，卻也出不去的狀況，路揚簡直不要太熟悉，心中無奈地喊：「剔你到底去哪了，不考慮來救我一下嗎？還是你就在我旁邊，只是我又陷在幻覺裡，還連累你也跟著陷在裡面？」

路揚愁眉苦臉，後者的可能性高達百分之九十九點九，畢竟剔怎麼可能不來救他。

「你幹嘛呢？別在裡面動來動去的，要是被發現，我就吃不了兜著走了。」

聽見陌生的聲音，路揚提起十二萬分警戒的心，看來這個界要開始演了，從現在開始，一切都不可信！

外面傳來的聲音好像是車聲？路揚突然覺得自己被大幅度旋轉，彷彿躺在什麼東西裡面，再聯想自己手腳伸展不開的情況，這該不會是躺在棺材裡吧？

認知到這點後，路揚也不慌張，棺材或墓地等等能讓人恐慌的地方，出現在界裡面，簡直不足為奇。

仔細一聽，果然是車聲，還有些微震動，路揚猜測，他這是躺在靈車上的棺材裡？接下來該不會是下葬儀式，想讓他誤認為被活埋，自己就把自己憋死了。

路揚完全不害怕，卻不想在這裡耽擱太多時間，努力動手動腳想掙脫困境。

「你才安靜一下，又開始鬧啦？」陌生的聲音用無奈的語氣說：「好好，我下車就是了，你別動了。司機麻煩靠邊停。」

不是靈車？路揚覺得情況有異，安靜下來等待變化，或許能從細節中找到逃脫的方法。

沒多久，路揚就重見光明，但仍舊動彈不得，直到被人舉起來。

——被人舉起來！

路揚驚了，眼前把他舉起來的是一個陌生男子，看起來挺年輕的，和他的年紀不會相差太遠。

對方納悶地看著路揚，問：「阿劍，你怎麼就這麼討厭躺在樂器盒裡面？我小時候，你不是都躺在劍盒中嗎？也沒見你跟師傅抗議。難道是一定要劍盒嗎？可是時代不同了，我現在帶著劍盒在街上亂跑，會被警察伯伯抓走的啦，你就委屈躺一下樂器盒，我一到地方就會馬上放你出來，我發誓！」

路揚愕然，這才注意到自己這是……變成劍了？

年輕男子像個神經病般抱著一柄劍碎碎念：「阿劍，師傅沒了，以後就剩我們倆了。不過還真沒想到，師傅這麼摳門的人，以前斬妖除魔就發餐費給我當薪水，結果身後居然會給我留下這麼多錢……」

最後，他嘆道：「我真的是窮得只剩下錢和劍了。」

聽到這，哪怕路揚不缺錢都想揍他，雖然他斬妖除魔也賺不少，但老君穿袍戴冠塑金身哪一樣不用錢呀！

一個年輕人抱著一把劍，嘴上還不停跟劍說話，在旁人眼裡，肯定像個神經病，有多遠閃多遠，然而路揚卻只覺得親切，他也總是神神叨叨地對著剔說話，只是剔沒有實體，不用抱著走。

果然，這個界不簡單。這「劇情」比起直接把他丟進墳墓棺材要複雜得多，也更能引起他的共鳴。

路揚沒找到脫困的方式，只能以劍的型態跟著這個年歲跟他相差不多的男人。這人的名字叫做「林易」，他帶著劍做的事情和路揚帶著剔差不多，就是帶劍去斬妖除魔。

只是這一次，路揚是站在劍的角度去看事情。

這感覺倒是挺新鮮的，若不是外面的事態緊急，路揚甚至都不介意留下來體會剔做為劍的感受，以便更好地了解自己相生相伴的兄弟。

「阿劍你想要名字？不如你自己取吧？喜歡叫什麼就叫什麼。」

路揚從頭到尾沒說過話，但林易似乎能夠聽見他的聲音，總會和他聊天，路揚猜測林易和阿劍的關係，大概就是他和剔的關係，沒事就閒嗑牙。

想到這，路揚不禁啞然失笑，他竟然還捉摸起「劇情」來了，林易和阿劍根本就是這個界拿他和剔做藍本，創造出來的幻象吧。

林易始終不肯為劍取名，路揚完全能理解。阿劍說到底是個器妖，年分久遠，還長時間斬妖除魔，戾氣極重。

取名卻是一種不輸給任何符咒或者界的力量，其中最強大的莫過於父母給新生兒取名，帶著期盼與深深的愛，給予孩子邁入這世界的第一步。

林易若是真的給阿劍取名，很有可能讓這把劍如獲新生……

想到這，路揚一愣，他敏銳地覺得事情越來越不對了。如果是以他和剔為藍本，剔明明已經有了名字，根本用不著取名。

這個界的「劇情」越來越跳脫了，一般來說不會這樣的，界畢竟是死物，難不成還會寫小說編劇情嗎？如果是御書那傢伙的界，或許還有點可能性，但這些灰霧軍隊明顯不是一個小說家的手筆吧！

為了名字這檔事，林易的劍和他鬧起脾氣，這狀況聽起來十分離奇，但卻是真的。劍把自己關在樂器盒裡，死活不肯讓林易帶著去辦案，不是摔劍就是樂器盒乾脆就打不開了。

路揚也因此整天被關在樂器盒裡，偶爾會從縫隙看見林易苦苦哀求或者欲哭無淚的表情。

還好，剔不會這樣跟他鬧脾氣。路揚有點慶幸，比起這把時不時鬧脾氣的阿劍，他的劍要成熟穩重多了。

這情況持續到某一天，林易又是拜託又是請求，劍還是不肯幫忙，林易卻不像之前那樣把劍留在家裡，仍舊抱著樂器盒出門。等到了地方，還硬是把劍拿出來，氣得劍一路都劍鳴聲不斷。直到他們看見一名女孩被綁在床上，不斷嘶吼，整個人扭曲到似乎隨時會折斷自己的骨頭。

路揚臉色一變，魔物附身？

委託的婦人苦苦哀求：「請救救我的女兒！」

「我沒辦法解決。」林易只能搖頭說：「你另外找人吧。」

路揚理解林易不想做這個案子，除魔絕非易事，路揚還有父親這神父可以幫忙，林易卻沒有，他擅長的是用妖劍斬妖，阿劍可是有實體的，不是劍這種斬妖不斷人的靈劍，砍中人還是會出事的。

可以說，只要魔物堅持不離開女孩，林易幾乎沒有什麼辦法，他總不能真砍人家女兒吧。

婦人卻跪下來，磕頭磕個不停，「咚咚咚」的聲音聽得人心驚。

見狀，路揚就知道不妙了，這些天看下來，林易就是個面善心也善的傢伙，都能被一把劍吃得死死的，就知道他有多心軟。

「我試試吧。」

果然，林易嘆道。

路揚皺眉，知道林易真是逼不得已，這時的年代似乎是在他出生之前，那個時候要除魔物這種東西，恐怕還真沒有幾人能辦到。林易不接，這女孩多半凶多吉少，現在只能希望魔物的等級不要太高。

女孩掙扎的力道太大，林易只能先把她綁在一把結實的椅子上，直接扛到頂樓的神明廳，也真虧他長年斬妖除魔，身體鍛鍊得不錯。

接下來，就路揚的眼光看來，林易沒有做錯任何步驟，然而，驅魔儀式還是失敗了，這裡的神像只是神明的分靈，驅趕一般魔物或許還有可能，卻萬萬不可能趕走——魔王。

路揚錯愕，怎麼會是魔王？竟然有魔王染指過臺灣？

頂樓已化為煉獄，無形的黑色火焰從地面蔓延到天花板，一旁的神像從中裂成兩半。

被附身的女孩仍舊困在椅子上，她的嘴巴張得非常大，嘴角都已裂開，大股黑煙從她嘴裡竄出來，直衝天花板，形成一張巨大的人臉，籠罩在上方。

整個神明廳已經變成一個界，眾人被魔王禁錮，出不去也進不來。

見狀，路揚猛然想起那幢充滿妖物的公寓，沾染魔氣的椅子，母親路樂說過那間房子可能是以前的神明廳，當初犧牲的大師姓林……

糟糕，你會死的！路揚急得想要去拉林易離開，然而他從頭到尾都只是個旁觀者，眼前的一切只是幻象，就算這些事情是真的，這個事件也早就發生了，路揚根本改變不了任何事。

一切都發生得那麼快，阿劍明明在鬧著脾氣，卻選擇以劍身困住魔王，讓林易念出毀滅妖劍的咒。

別念啊，那是你的劍，你怎麼可以……

路揚眼睜睜看著林易念咒，一句句崩解阿劍，但即使阿劍已決定犧牲自己，卻還是沒有阻擋魔王斬斷半身逃走。

這麼恐怖的魔物若是逃走、潛伏，等到再次捲土重來的時候，不知得死多少人，經過這一次，魔王會更警慎小心，不會再這麼容易暴露，要驅趕他，不會再有比這次更好的機會了！

路揚心中那個急，不知道喊了剔多少次，只想把這頭該死的魔物砍成碎片，救下崩解中的阿劍和注定要犧牲的林易。

黑色業火狀的魔王即將逃走的時刻，林易竟一個撲上前抱住黑火不放，他的身體立刻熊熊燃燒起來，皮膚轉瞬焦黑一片。

路揚心顫不已，原來林易……不，林大師竟是這樣自我犧牲的嗎？

「阿劍。」林易的半臉已焦黑，看起來無比疼痛，但他看向劍的表情卻帶著溫暖的笑容。

「你一直都想要讓我給你取名。」

「對不起，我始終不敢應你，但現在，就讓我任性一次吧。」

「你的名字——不，我們的名字是『剔』。」

林易扯著黑色火焰撲向劍，將黑火硬是塞進劍裡，渾身幾乎呈現黑色的他竟還能將崩劍的咒念完……

劍困住業火，碎裂成千萬片，人已成灰，覆蓋在這些碎片之上，一切終歸平靜的灰霧。

路揚不再受困，卻淚流滿面，呆立在原地良久，直到剔劃破灰霧衝到他身邊，看見淚痕，嚇得繞著他整整轉了三圈。

路揚感覺得到對方有多麼氣急敗壞，多麼著急，幸好他身上一點傷都沒有，否則剔肯定好一番碎碎念。

「正好相反呢。」

路揚擦了擦淚痕，想到另一對人劍搭檔正好是相反的情況，多半是林易對著阿劍碎碎念。

「剔，你……」

說到一半，路揚突然停下來，沒有繼續說下去。

劍鳴了一聲，彷彿在問「叫我幹嘛」。

路揚若有所思地喃喃：「其實……剔到底是你，還是我呢？」

劍鳴倏然停止，剔停在空中，完全靜止，宛如一個人被嚇得動都不敢動。

見狀，路揚伸出手，輕碰了碰劍，並沒有試圖去握住對方，他總算明白為什麼剔這麼不願意被握住了。

哪能願意啊，這也太怪了吧。

想到某個場景，路揚笑了出來。

「兩世都辛苦你啦！」

剔發出低低的嗡嗡聲。

路揚燦笑：「接下來多半還是要繼續辛苦你了。」

劍飛旋到路揚身邊。

路揚看向灰霧，深吸一口氣，說：「雖然不知道這些灰霧到底是什麼東西，我甚至挺感謝你們讓我看見的過往，但是——」

「現在你們礙到我的路了！」

節之三：欲言又止

劉易士才剛艱難地綁好紅繩，隨即就看見老婆被大量灰霧士兵擠到連銅錢鏈都施展不開的場景，他立刻上前張開聖光，先「融化」周圍廝殺的灰霧士兵，讓路樂得以退出來。

這一次，沒有更多士兵湧上了，周圍只剩瀰漫的灰霧，他們終於擺脫被擠來擠去的狀況。兩人正想回頭找找其他人時，周圍只剩下灰霧，什麼也看不見，更走不出去。

劉易士果斷地抓牢老婆的手，兒子已經不知去哪了，但沒關係，他家兒子比老子還猛，自己一個人都不會比他們這組來得弱；剛認的乾兒子也不見了，幸好乾兒子有隻真實之眼，十隻妖被看穿真面目後有九隻會廢掉。

他只是個神父，只有驅魔可能比其他人強一點，可不能跟老婆分開。

路樂抬頭看著四周，說：「這灰霧應該是界的一部分，不是妖物，只是為了把我們分開。我們這組人湊在一起，就算身在千年古墓也毫不害怕，所以才想辦法分開我們。」

劉易士覺得有道理，如果現在有兒子的劍和乾兒子的眼，他們救人的速度可能會快到還來得及下山吃宵夜，喔不，他差點忘記外頭有土石流擋道了。

灰霧漸漸變濃，似乎是在凝結著什麼東西。

「要開始了！」路樂毫不節省，三張符咒就甩出去，被符咒打中的地方瞬間消融，但其他灰霧卻又立刻補上，將消融的地方補滿。

見狀，路樂不再做無用功了，雖然她奈何不了灰霧，但灰霧似乎也沒有傷他們的能力，用不著糾纏。

她本來以為灰霧會變成可以攻擊或嚇人的玩意兒，最後卻只是變成一個大房間，有桌椅有電腦，看起來很現代化。

到底怎麼回事？路樂皺眉不解。

看見這個熟悉的地方，劉易士的呼吸加速了，這是他犯下大錯的地方——

學校圖書館的地下視聽室。

他緩緩轉頭看向朝上的階梯入口，那一次，便是從那裡不斷走出惡魔，宛如地獄出口，帶給人源源不絕的絕望。

那時第一個從那裡走出來的東西，其實並不是惡魔，卻是他的兒子路揚，身後還跟著剔。

當時，在劉易士的認知中，路揚出了車禍，人正在醫院，而打從劉易士進到校園中的界，一路上，徐喜開布下無數陷阱，不斷用路揚慘死的景象來刺激他，所以劉易士並不相信那時走下來的人真是路揚，他立刻就用聖書去照出對方的真面目。

果不其然，「路揚」被聖光一照，立刻變成醜惡無比、皮膚受地獄業火灼燒的焦黑惡魔。

未等劉易士出手除魔，一旁的剔竟衝上前將惡魔大卸八塊。

劉易士正搞不懂這什麼狀況時，第二隻又走下來了，這次直接就是惡魔的型態……

「來了！不要發呆！」

路樂一喊，劉易士這才回過神。對啊，現在有老婆和他在一起，自己不再是孤立無援的狀況了！

這一次，走下來的人果然還是路揚，身後還跟著剔，與當時的場景一模一樣。即使早有準備，劉易士還是不免感到一陣不適。

看見兒子的身影，路樂皺起眉頭，早有定見認為這並不是真的路揚，但為了保險起見，她還是先問：「那是我們兒子嗎？」

劉易士直接念誦主之名，將聖書往對方身上一照，「路揚」瞬間化為焦黑惡魔。隨後，果不其然，剔衝上前把惡魔大卸八塊。

果然是一模一樣的場景！被同一種幻象折磨第二次，更別提那一次的事件，路揚差點真的死了，還是被劉易士親手開槍打死！

這時，路樂也想起劉易士曾打電話來述說的校園事件經過。

「你就是在這樣狀況下，最後對著剔開槍，結果卻發現那個剔是真正的阿揚？」

路樂倒不是在怪老公，而是覺得奇怪，劉易士和她一起在國外見過不少大風大浪，只要陷在界裡，幾乎都會看見關於彼此的種種幻象，而且可以說沒一個是好結果，碎屍萬段都不是沒有過，劉易士應該早就習慣了。就算這次換成兒子，他也不該失控到犯了在界裡開槍的大忌啊！

此時，又有東西從樓梯走下來，是一隻焦黑惡魔。

劉易士沒有回答老婆的話，直接用聖書一照，這次卻將惡魔照成了路揚。

路樂揚眉，親近的人是惡魔偽裝的，這「劇情」簡直不能更常見了，但隨後她卻看見一旁的剔再次衝上前，一劍砍斷路揚的頸子。這一幕連路樂都覺得刺眼，卻又看見剔還不罷休，繼續將那個假路揚大卸八塊。

原來如此。路樂一思索便懂了，劉易士心中或許本就對剔的存在有所疑慮，所謂天生靈物，說到底難道不算是妖物？

剔莫名地出現，莫名地與兒子心靈相通，就算一直以來都忠心耿耿，但畢竟來歷不明又十足強大，做老子的能不存幾分擔心嗎？

本來剔只能傷妖不傷人，然而姜子牙的出現卻讓剔越來越趨近真實，如今更是直接化為實體了。一旦劍欲弒主，那也就是一瞬間的事吧，畢竟路揚從來都不防備剔，完全將剔當成同胞兄弟。

劉易士揉著額角，說：「當時唯一的出入口就是這階梯，路揚和惡魔交替著從樓梯走下來，事情不斷重複，任憑我的聖書怎麼照，都是路揚和惡魔這樣來來回回地變化，但不管是什麼型態，都會落得被剮砍碎的下場。最後，滿地都鋪滿了阿揚的肢體……」

聽到這，路樂握緊劉易士的手，後者感激地看著老婆，他真的太需要了。

「我本來就因為兒子出車禍，以及沿路關於兒子的幻象而傷神，這樣來來回回，才最終犯下大錯，差點親手殺死我們的兒子。」

路樂明白，情況可不只如此。她當時也從手機上聽出劉易士對路揚與剮之間的關係有所懷疑，但劉易士並不想把話說明，就怕出口成真，讓這一人一劍的關係真的生了變。

「既然老君沒講什麼，你就不用煩惱那麼多了。」

「老君……」

劉易士欲言又止。有個更深的懷疑，他始終深深地埋在心底，當時甚至不敢在手機裡暗示路樂，此時他當然也不敢直接說。

在他們說話的期間，樓梯口又出現惡魔，路樂敲了敲劉易士的腦袋，制止他用聖書照惡魔，想試看看不照的話，接下來會發生什麼。

順便懲罰他懷疑老君。

路樂堅決地說：「路家只有路揚這根獨苗，就是看在我爸奉獻多年救過無數人的分上，老君也不會讓阿揚出事，你不要再亂想了！」

聽到路樂這麼說，劉易士倒是真的感到放鬆了一些，努力不再去思考那個可能性了，哪怕不斷地看見暗示……他又開始憂慮了！

劉易士忍不住問：「老婆，如果兒子真有什麼事，妳會不會想弄出復活術？」

路樂沉默不語，看著惡魔一步步走來，她握緊銅錢鏈，嘴上也沒忘回答劉易士的話。

「兒子好好的，身強體壯，勇過一頭牛，我怎知自己會做啥，擲筊問卡準啦！」

劉易士苦笑，原本他也深信自己不會妄想復活術這種可笑的東西，但真的遇上後，他卻完全失控了。看著兒子安靜蒼白的躺在地上，心知他不會再張開眼，這對父母來說，真的太過殘忍了。

「頂多到時候你想要做啥，我都陪你就是了。」

劉易士一怔，終於露出釋懷的笑容，趕緊比了個十字，感謝主讓他遇見這麼好的老婆。

「嚶嚶嚶……老婆妳真好！」

「……哪學來的？再讓我聽見一遍，你就準備跪銅錢，立起來的那種！」

路樂說話的同時，一把甩出銅錢鏈，將惡魔從中劈成兩半，這惡魔都要走到他們面前了，還是沒有特殊反應，看來再試也無用，乾脆砍掉了事。

「嘤——咳，我們快去找兒子吧，現在還多了個乾兒子要找呢，真是越來越忙了啊！」

話雖如此，這裡唯一的出口卻是樓梯口，惡魔剛死，又下來了一個路揚。

見狀，路樂真心覺得有點煩，雖然她這個媽是當得不怎麼稱職，但一直砍兒子也是會有一點心痛的！

「爸、媽！」路揚喜出望外地喊：「終於找到你們了！」

這次的居然會說話？路樂和劉易士互看一眼，重頭戲來了。

劉易士突然臉色一變，連忙對路樂說：「等等，該不會又是一樣的招式，其實這是真正的兒子吧？敵人或許想誤導我們自相殘殺？」

聞言，路揚嚇了一跳，看看周圍的模樣，無奈地說：「居然是這裡？我真的是路揚，爸你別再對我開槍了。」

聽到這話，劉易士立刻信了五分。

路樂卻甩出銅錢鏈，一鏈子打在兒子肩上，後者迫不及防，疼得齜牙咧嘴。

劉易士嚇了一大跳，連忙喊：「老婆別打啊！先弄清楚再說，要真是我們兒子怎麼辦？」

路樂見兒子還是兒子，沒再變成惡魔，跟在旁邊的剔更沒有上前把路揚大卸八塊，她才沒把符咒也甩出去。

她理直氣壯地說：「怕什麼，這次你又沒槍，兒子這麼壯，挨幾下揍能怎麼了？」

那倒是。劉易士見到兒子只是哀怨地揉著肩膀，終於放下心來了。

他嘆道：「這次倒是比之前好解決，畢竟那一次，徐喜開也針對我和路揚設下了許多陷阱，才害我中招。」

「這次是因為有我跟著！」

路樂覺得這絕對是自己的功勞。

劉易士就是容易鑽牛角尖，雖然他也比自己更擅長找到界的出口，但思考得太多反而會深陷界的陷阱中，還不如她和兒子的做法，要困就困，反正你也奈何不了我，看看是我先撐不下去，還是你的界先撐不下去！

當然，要這麼做的話，可樂和巧克力之類的絕對要帶好帶滿，有些古墓裡的界確實能撐上一段時間。

劉易士走到兒子面前，仍舊謹慎地先用聖書照照兒子，反正不是妖物的話，被照照也不會怎麼樣。

路揚被光照得撇過了臉，依舊是人型，沒有變成巨大焦黑的惡魔。

見狀，劉易士終於放下心來，他上前拍拍兒子的肩膀，說：「走吧，姜子牙還帶著傅君那個孩子，司命那人又渾身是傷，也挺讓人擔憂，或許正等著路揚你去大發神威拯救他們呢！」

路揚仍舊撇著頭，沒有回過身來，一把抓住劉易士的手。

劉易士一怔，頓時有點反應不過來，他是拍肩又不是拍腦袋，兒子沒這麼愛計較吧？

「Louis，退開！」

路樂大喊的同時，銅錢鏈也打了過來，卻被一旁的剔擋下來，鏈身纏在劍身上。

路揚伸手握住劍，用力一拉，銅錢鏈就被扯了過來，隨後被幾劍斬成一地銅錢。

見狀，劉易士就知道這個絕對不是自己兒子，剔可不能當作一般的劍拿來砍，就是試圖去碰，都會跟自家兒子鬧半天脾氣。

「路揚」終於回正臉，大眼濃眉，雖然不像妖物，卻也絕對不是路揚。

劉易士立刻讓聖書上前大放光明，想逼對方放開自己的手，然而卻還是脫不了身。他的聖書不像路揚的剔能確實砍殺妖魔，但其光芒對妖仍是有傷害的，弱小一點的幻妖甚至只要他拿出聖書，就會被消融了。

劉易士扯不回自己的手，對方的力氣非常大，他突然意識到什麼，驚呼：

「難道你根本不是妖？」

聖光沒傷到他，卻洗去了他的偽裝。不再是路揚的穿著打扮，一身古代盔甲，與灰霧軍隊明顯是相同風格，只是更加完整豪華，宛如將軍般威風凜凜。

路樂正重新取出一條銅錢鏈，聽到劉易士的話，她危險地眼神一瞇，直接衝上前，一個橫掃腿就朝那名將軍招呼過去。

將軍及時跳開，甚至舉劍朝路樂刺去，路樂輕鬆閃開，隨即後退，攻擊雖未果，但手上已經抓著真正的目標——老公一枚。

脫困後，劉易士熟練地取下掛在背包側邊的工兵鏟，三兩下組裝起來遞給老婆。妖有妖的打法，人有人的打法，下古墓跟人起衝突的事也不少見，如果是在國外，他甚至會帶槍。現在沒槍，只能讓老婆用鏟子揍人了。

他老婆的身手可不是蓋的，阿路師親自傳授，阿路師的另一個徒弟是他兒子路揚，強悍的程度可見一斑！

「你到底是誰？」

老婆負責揍人，劉易士負責出聲干擾對方。

「這灰霧是你的手筆？」

他不敢問土石流是不是對方的手筆，如果不能還好，萬一對方真能引發土石流……呵呵，他還是趕快把兒子和乾兒子找回來，下山吃完豬腳麵線就洗洗睡吧！

路樂揮舞著工兵鏟上前，竟能與舞劍的將軍戰在一起不落下風，身手之好，完全不輸給路揚，只是她吃虧在沒有路揚犯規的力量和體能。

一個揮劍擊退路樂後，將軍趁著空檔，喝道：「劉易士，你兒子身上的魔氣，你打算繼續視而不見？」

聞言，路樂皺眉，縱使知道對方說這話是想轉移注意力，但她還是沒忍住朝老公看了一眼。只見劉易士竭力保持冷靜，但作為枕邊人，她還是一眼就看穿對方內心有多慌亂。

路樂終於明白老公為什麼會鑽進牛角尖裡了。

將軍冷哼道：「除妖之前，你何不先斬魔？」

說完，他收劍轉身隱入灰霧中。

路樂追了兩步，見灰霧已經漫上來，隨即就放棄繼續追下去，若是和老公分開就糟了。

平時放養老公沒關係，這個時候可不行。

兒子和魔氣嗎？

真難處理啊……路樂認命地走向老公。

殤九歌

CH.3 斷情絕義

節之一：雲中君

這是誰啊？

姜子牙愣愣地看著從灰霧中走出來的人，難道當初的車禍還有其他人在嗎？

對方冷淡地說：「還陷在幻覺裡嗎？醒一醒，這灰霧會讓人產生幻覺，不管你看見什麼，都不是真的。」

難道你也不是真的嗎？姜子牙覺得無言以對。

「你到底是誰？」姜子牙從地上爬起，感覺有點莫名，怎麼會突然出現一個陌生人。

對方反問：「我也想問你這個問題，你是飯店的住客嗎？」

飯店……山林閒居！他們是來救老闆的！

姜子牙跳起來，左右看看全是灰霧，不管是車禍、姐姐還有父母，早就消失無蹤。

原來，全都是幻覺嗎？

姜子牙不禁有點失落，卻又有莫名的感激，能夠再見到母親，真是太好了……

「回神了嗎？很好。」那人點頭，解釋自己的身分：「我是飯店的住客，剛才外面的轟隆聲很大，你有看見是什麼狀況嗎？」

姜子牙立刻回答：「那是土石流的聲音。」

那人皺眉：「居然有土石流！這樣走山路出去很危險啊！」

姜子牙搖頭說：「根本就沒有山路可以走，連外道路都被埋掉了，手機又打不通，只能等山下的人反應過來，再來救援。」

哪怕那人面無表情，姜子牙也能看出他十分不高興。

對方睜著死魚眼，喃喃道：「本以為失蹤這麼多天，就快等到救援了，結果等來土石流截斷道路，恐怕又得多等幾天。」

看那人一臉的生無可戀，姜子牙忍不住打斷他：「我叫姜子牙，現在可以請問你是誰了嗎？」

「姜子牙？你該吃藥了。我叫冷雲，幫老闆過來勘查飯店的狀況，結果突然一陣霧氣包圍了飯店，就被困在這裡了。」

啊，好久沒有人質疑他的名字了！姜子牙立刻拿出皮夾中的身分證，遞給對方。

冷雲看著身分證上的名字還真是姜子牙三個字，果斷認錯：「抱歉，看來該吃藥的人是我。」

呃，用不著這麼說自己啦。姜子牙覺得這人還真是有點死板板的，應該是真人，不是幻覺吧？他還真不敢確認，這灰霧真的是很詭異，連多年前的車禍都能還原出來——明明連他自己都記不清了。

冷雲把身分證還給姜子牙。

姜子牙暗中打量這個人，一臉冷淡表情，西裝筆挺，標準的上班族菁英分子模樣，確實很像大老闆會派來的——除了腰帶上掛著的日芒鳥嘴面具！

姜子牙嚇了一跳，驚呼：「為什麼你會有老闆……傅太一的面具？」

冷雲默然看著姜子牙。

「你這是什麼眼神？」姜子牙被看得頭皮發麻。

「我在思考，被灰霧困在飯店中，撿到傅太一的面具，又遇上認識傅太一的人，機率會有多低。到底是灰霧讓我產生幻覺，還是我的藥量太少，又發病了，一切全是我的幻覺？」

等等，這話繞得他頭都暈了，而且這人真的有在吃藥？

姜子牙搖頭說：「這不是你的幻想，灰霧真的存在，老闆的面具是真的，我當然也是真的！需要我捏你看看嗎？」

冷雲拒絕：「不必，我捏過自己很多次了，很痛。」

姜子牙看著面具，精神一振，問：「那你知道老闆人在哪裡嗎？」

「不知道。」冷雲搖頭，疑惑地問：「你叫傅太一老闆？」

「對啊，我是九歌書店的店員，當然叫他老闆。」

冷雲古怪地看著姜子牙。

「怎麼了？」

冷雲嘆道：「『我是書店店員』這句話，大概是我在這灰霧中聽到最正常的話了。你不知道我剛才聽到了多少可怕的話，『我曾經害死人』這句話都聽了不止一次……我打算離開這裡後，要先去買罐防狼噴霧，免得被人滅口。」

姜子牙心想，這真的有點慘，他還是別補充自己還兼差當斬妖除魔道士的助手好了。

「你跟我走吧。」

冷雲走過姜子牙的身旁。

「等等，你要去哪？」姜子牙覺得這人又不像普通的上班族了，態度未免也太鎮定了。不過這人認識老闆，或許不是第一次遇上這種事。

「到廚房拿食物回去。」冷雲看了看姜子牙的身高，說：「你也來幫忙吧。」

姜子牙剛從幻象出來，迷迷糊糊的，聽到這話不免有點遲疑，這人是敵是友都沒有搞清楚，就這樣跟上去不太好吧？說不定冷雲口中的食物，指的是他……

跟他走。齊彥提醒。

猛然聽到腦海中的聲音，姜子牙脫口：「原來你還在啊？」

聽到這話，冷雲回頭看了看這名年輕人，外表看起來正常，但行為舉止感覺就是沒吃藥，他開始思考要不要遠離此人了。

糟糕！姜子牙咳了幾聲說：「我是說，你要拿什麼東西，我都可以幫忙拿，沒問題！」

冷雲偏了偏頭，終究沒說什麼，領著姜子牙走了一段路後，一扇大門出現在兩人面前。

姜子牙左看右看都覺得這很像高級飯店的大門，應該不會是什麼奇怪的入口或者場所吧？

還沒反應過來，冷雲已經逕自走進去了。

姜子牙本來想先問問齊彥，卻發現灰霧在冷雲離開一段距離後，竟然有朝他湧上來的趨勢，姜子牙這才明白灰霧之所以不靠過來，竟是因為冷雲的存在！

姜子牙連忙跟上。

冷雲熟門熟路地走到廚房，還直接進冰庫拿東西，隨後又裝了許多麵包，喃喃道：「麵包放不久，全帶走好了……」

他指使著姜子牙：「你先去把這些牛排和蔬菜弄熟。」

姜子牙看著那些看起來很貴的食材，連忙搖頭說：「我不會煎牛排。」

「燙熟再加點鹽巴下去就好。」

這個他會！姜子牙燒了一大鍋水，將一塊塊上面寫著A9、A11等的牛排通通丟下去，煮出一鍋看起來很沒賣相、但聞起來相當美味的肉湯。

兩人在這裡耗費不少時間，若不是齊彥堅持姜子牙要跟著冷雲，他都想跑掉去找其他人了，現在吃飯不是最重要的事吧！

在姜子牙水煮各種高檔食材時，冷雲也沒閒著，他忙進忙出，把許多日用品用垃圾袋裝起來，連同剛剛的麵包一起。

「走吧。」

冷雲抓著幾個黑色大垃圾袋。

姜子牙則端著一大鍋水煮肉菜，看著外面的茫茫灰霧，疑惑的問：「為什麼你不留在這裡就好？」

「其他人過不來，他們一進灰霧就會迷失，我沒辦法帶他們過來。」

冷雲瞄了姜子牙一眼，若不是如此，自己也不會帶著這麼奇怪的人行動了，實在是礙於其他人一接觸灰霧，就把他誤認成敵人，各種試圖逃走或攻擊他……

雖然冷雲在遇到姜子牙時，對方也正被灰霧迷惑，但被喚醒後，似乎就真的清醒了，沒有再次陷入幻覺，這和其他人始終醒不過來的狀況不同。只希望對方接下來也能如此，不然他拿不動這麼多東西，只能再來一趟。

但奇怪的是，每當自己把食物煮好或開封後，若沒立即拿回去，下一趟再來時，多半就會消失無蹤。就算沒開封，他也覺得食物在逐漸減少中，所以聽到土石流後，他才急著想拿一大批食物回去。

「還有其他人？」姜子牙嚇了一跳。

「當然，你以為一間飯店有多少人手？」

冷雲領著姜子牙踏入灰霧，姜子牙這次特地觀察冷雲，發現對方的方圓三公尺左右，灰霧特別平靜。

他好奇地問：「你看得到周圍狀況？灰霧不會阻礙你的視線嗎？」

冷雲瞄了他一眼，解釋道：「當然會，但我隱約可以看見建築物的輪廓，而且這條路我已經走三天了。」

「在這其中，你一次都沒陷入幻覺過？」

姜子牙震驚了，連他都中招，冷雲竟然能倖免於難？難道他也有一隻什麼什麼之眼嗎？而且等級還比他高……

冷雲搖了搖頭。

路途終點，兩人來到一間獨幢屋舍前。

姜子牙覺得這房子是自己一輩子都住不起的那種，就算埋在灰霧中，看起來幽森發毛，仍舊能感覺到這幢屋子的高級。

冷雲拿出感應卡開門，姜子牙跟著走進去，然後震驚了，滿屋子都是人，隨便一算都至少有二十個！

姜子牙難以置信地說：「竟然有這麼多人困在這裡！你們到底在這裡多久了？」

冷雲把大包小包的東西放到桌上，回答：「根據吃飯的頻率，應該被困第三天了。」

他讓姜子牙把食物放到桌上，然後喚眾人來吃飯。雖然多了一個姜子牙，但其餘人似乎不是很在乎，一個個魂不守舍，嚇得臉色發白。

冷雲招呼姜子牙說：「過來吃飯吧，不用怕吃白食，老闆人就在那裡。」

他的視線移到角落，姜子牙跟著看去，縮在角落的頹喪胖子一點老闆樣都沒有，還不如冷雲淡定。

這是個飯店大老闆？

「蔡老闆，你真的確定飯店裡沒有其他人了嗎？」冷雲比了比姜子牙，說：「我又撿了一個回來。」

蔡尊保兩眼無神地看向姜子牙，先是不解地「咦」了一聲，又問：「你是誰？」

但問題才剛問出來，他就一臉驚醒樣，連滾帶爬地上前，直喊：「你是從外面進來的嗎？外面世界怎麼樣了？難道世界末日了嗎？」

喂喂，你是不是搞錯什麼了？姜子牙無言。

蔡尊保大哭道：「手機和市話都打不通，也沒有人來救我們，外面是不是也完蛋了？是殭屍到處在咬人嗎？我們是不是得留在這裡才能活命？」

姜子牙啞口無言，雖然覺得對方太誇張，不過這麼一聽，通訊全部失效，說是某種程度的世界末日好像也不奇怪。

姜子牙連忙解釋：「你真的想太多了，外面沒事。」

「別騙我了！外面沒事的話，你進來這種鬼地方幹嘛？我們想出去還出不去呢！」蔡尊保大哭：「我能夠接受真相，你說吧！嗚嗚嗚……」

本就已經緊繃到極限的其餘人，聽蔡尊保一說，感覺也有道理啊，頓時個個哭成一團。

看著一群年紀不小的人哭得眼淚鼻涕都出來了，姜子牙真是不知所措，連忙看向冷雲。

冷雲淡淡地說：「我的藥不夠分他們吃。」

……別提藥了好嗎？

「既然你可以在灰霧中行走，為什麼不出去求救？」

姜子牙不明白，在這之前又沒發生土石流，為什麼不試著向外求助？

冷雲淡淡地解釋：「因為大門口有個穿著古代盔甲的人，眼睛還放紅光的那種，我一靠近，他們手上的長槍就要刺過來了。雖然那些看起來就是沒吃藥產生的幻覺，不過櫃檯小姐說她也曾在灰霧裡看見軍隊，我可不想賭賭看踏出大門的後果，決定等待救援就好。」

居然有人守門！他們進來的時候沒看見啊，這是只許進不許出？

姜子牙還皺著眉頭時，冷雲已經開始吃飯了，旁邊還有一群人淒淒慘慘地哭著。

見狀，姜子牙也是挺佩服冷雲的淡定，有人哭得這麼慘，他還吃得下去。

「食物一直在消失，不是被我們吃的，而且消失的速度很快。」冷雲突然說了句：「現在不吃，以後不知道有沒有機會吃了。」

這話一出，所有人都嚇壞了，哭得更劇烈了。

姜子牙立刻坐下來，撈了肉出來吃，邊吃邊問：「既然你認識老闆，那你困在這裡的時候有看過他嗎？」

「沒有。」冷雲皺眉說：「看到面具後，我試著想找傅太一解圍，畢竟我的藥吃不了幾天，得快點出去才行。」

姜子牙覺得這人是真的該吃藥了。

「結果把全飯店的人都撿回來，也沒找到傅太一。」

姜子牙懷疑地問：「你在灰霧裡來來去去，真的都沒事？」

冷雲搖了搖頭，肚子墊了點東西後，他就開了一包藥來吃。

因為他是司掌雲霧的雲中君，這灰霧困不住他的，你需要他的幫忙才能找到其他人。

齊彥提醒。

姜子牙一口肉湯噴出去，目瞪口呆地看向那個口口聲聲說要吃藥的傢伙，難以置信地問：「你是雲中君，九歌的一員？」

冷雲看著他，悶悶地說：「我沒答應要加入九歌，但傅太一說我本來就在九歌裡面，不需要加入，這簡直太沒道理了。」

姜子牙不解地問：「那為什麼我沒在九歌書店看過你？」

「傅太一跟我說過總部在哪，但我不想去！」冷雲硬氣地說：「我是無神論者，不參與任何宗教活動！」

姜子牙無言以對了。被困在灰霧裡三天，被古代軍隊威脅，還能繼續當無神論者，也是不容易。

既然是九歌成員，那事情就好辦了。

姜子牙直說道：「司命和傅君都過來了，我們一行人進來救傅太一，結果全被灰霧沖散了，你趕快帶我去找人吧！」

聽到傅君的名字，冷雲皺起了眉頭：「帶一個小孩子來做什麼？太亂來了！」

姜子牙嘆氣道：「我們也不知道事情會變成這樣，我還以為有路揚和他爸媽，一定很好解決……早知道這麼危險，我就會阻止傅君來了。現在當務之急是要先把傅君救回來，我們快走吧！」

冷雲卻說：「不去。」

姜子牙沒想到對方拒絕得這麼乾脆，他以為冷雲既然是九歌成員，一定會肯去救傅君，看來是自己太理所當然了。

既然人家不肯，姜子牙也不想在這裡耽誤太多時間了。

傅君被帶走這麼久，雖然齊彥說山鬼會護著他，但柔弱渾身是傷的山鬼和那個恐怖的將軍，怎麼看都不是對手啊！

「那我自己去！」

他扔下這句話，轉身就走，卻被冷雲拉住了。

「晚點再去，我剛吃藥了，現在出去可能會迷失在灰霧裡，得等藥效過去。」

「……」

姜子牙發現自己錯了，原來這傢伙不是該吃藥，而是不該吃藥！

節之二：司命

灰霧像是迫不及待地將他吞噬殆盡，司命唯一慶幸的是，被吞沒之前，他看見姜子牙正全力護住傅君，路揚也在兩人的不遠處。

有他們在，小君會沒事吧！司命終於安然被吞沒。

睫毛顫抖了抖，睜開眼，瞳孔猛然縮小，一是驚訝，二是看見陽光從樹葉間灑落到他的臉上，眼睛突然畏光。

雖然只是陽光透過樹葉，隨處可見的景致，司命卻覺得這是最美的風景。

四周的人聲與車聲漸漸清晰，司命反射性遮住醜惡的臉，卻發現根本沒有人在注意他，這才後知後覺地發現身體很輕盈。

司命已經不知道多久沒感覺到這麼輕鬆自在，他低頭望著自己的手，沒有滿布燒傷，就是個普通人的手，騎機車還沒做好防曬，整隻手曬出了好幾個色階。

「白司皓，你周末又要回育幼院做義工啊……白司皓？」

直到有人拍拍他的肩，司命才反應過來。

白司皓，是他的姓名沒錯，但在「司命」以外的名字已沒有意義後，他便捨棄了這三個字。

「白司皓？你有在聽我說話嗎？」

白司皓對同學笑著說：「有啊。對，我周末要去育幼院，你想跟我去嗎？」

記憶漸漸恢復，上了大學後，他還是常常在周末回育幼院去幫忙照顧孩子，有時也會有些同學跟去。

不管是出自於真心，還是只想當成履歷的一欄，白司皓都感謝他們。

「不是啦！」同學尷尬地請求：「你這週不能不去嗎？有場聯誼想拜託

你來，女生們都很期待邀到排球男神耶。我都誇口說一定邀到你了，拜託拜託，你這週先支援我，我保證下周找一堆人去育幼院陪小孩玩！」

白司皓久久說不出話來。

就是這個要求，當時的他答應了，跟著去聯誼，沒去育幼院，偏偏就是這一次……

白司皓搖頭說：「不行，這週育幼院有活動，我一定得去。」

「這樣啊？」同學也不強求，苦著臉說：「那我慘了……」

「抱歉了。」

這一次，他真的不能答應。

同學連忙擺手說：「沒啦，你的事比較重要，我下次早點約你，你可不能再推拖喔！」

白司皓啞然失笑，送上一句輕飄飄的「沒問題」，雖知不會有下次了。

縱然懷念校園生活，白司皓並沒有在這裡耽擱，而是直接衝向育幼院，那個占了「白司皓」大半人生的重要地方。

「哥哥！」

孩子們衝上前，個個開心得不得了，白司皓本來也很開心，但定睛一看卻發現自己根本看不清孩子的臉龐，他們雖帶著笑容，五官卻模糊不清。

「是因為我的記憶已經模糊不清了嗎？」

對此，白司皓覺得十分難受，但孩子們圍上來時，他仍是露出了笑容。

孩子喊：「哥哥你帶地瓜來了嗎？」

白司皓想起來了，當時半工半讀的他，身上錢不多，常常會去買一箱地瓜，然後借學校的廚房用糖煮成蜜地瓜，當成糖果發給孩子們吃。

後來，孩子們便習慣他回來時都會帶一袋蜜地瓜了。

回想完這一段，他就發現自己的手上提著一袋東西，裡面還傳出甜甜的香味。

孩子們開心得不得了，吃著甜甜的蜜地瓜，一個個拉著白司皓，要他陪他們玩。

白司皓看了看時鐘，因為沒去聯誼的關係，還有許多時間，也就放心陪孩子們玩。

孩子們想玩捉迷藏，白司皓臉色一變，拒絕了。

見孩子們失落的表情，他連忙笑說今天是一二三木頭人的日子，要玩木頭人喔！

育幼院的孩子十分好哄，不管是捉迷藏還是木頭人，總之有得玩就好了。

白司皓喊著一二三，在一次次回頭中看見一名小女孩站在角落，她穿著白色的睡裙，神色怯生生的，很是渴望地看著白司皓，一副想玩又不敢過來的模樣。

「要吃地瓜嗎？」

玩到一個段落，白司皓拿地瓜走過去，同時回想著育幼院裡有這樣的小女孩嗎？尤其這身睡裙，不太像育幼院的孩子會穿的樣式。

「妳跌倒了嗎？」

走近一看，白司皓發現她的裙襬染著血，咳，這麼小的女孩總不會是月經來了吧？

女孩搖搖頭。

白司皓查看女孩的膝蓋，沒發現傷口，露在衣服外邊的手腳看起來也很正常，指尖倒是染著血，但也沒有傷口，看起來好像是被裙襬染上的。

「有哪裡痛嗎？」他不解地問。

當初有這樣一個孩子嗎？莫非是那天新送來的孩子，剛好遇上……

「痛！好痛！」

聽到「痛」字，女孩立刻點頭低聲哭泣。

「不哭不哭，我們吃甜甜的地瓜好嗎？」

白司皓連忙遞上地瓜，女孩接過地瓜，滿是好奇的表情，在白司皓鼓勵的眼神下，咬了一口，被甜得笑眼彎彎。

見她吃得開心，白司皓也鬆了口氣，雖不知是怎麼回事——他瞪大眼，猛然看見女孩的右臉突然像是被刀子劃了一刀。

女孩吃痛地皺了皺眉，但還是繼續吃地瓜，連聲「痛」都沒喊。

白司皓還來不及反應，又見另一道傷痕憑空出現，女孩白嫩的臉頰已經有兩道突兀的橫向血痕了，女孩卻還是努力吃著地瓜，只在血痕剛出現時皺一下眉。

他怒從中來，問：「到底是誰傷了妳？」

女孩吞下地瓜，怯生生地說：「他、他們。」

「是那些灰霧嗎？」

女孩用力搖頭，但那些血痕並沒有就此結束，白司皓眼睜睜看著女孩身上出現十道、二十道……一身傷痕怵目驚心。

「我該怎麼救妳？」白司皓看得十分難過。

「不。」女孩吃完地瓜，即使滿身傷痕，還是扯開笑容，朝著白司皓揮手，說了一句「他會救我」後，蹦蹦跳跳地離開了。

他？白司皓正想攔住女孩問個清楚，卻見對方走到角落，竟直接穿入牆中。那瞬間，牆似乎只是一面灰霧，根本不能阻礙人穿過去，他停下來，看著牆壁若有所思。

沉重的掛鐘聲響起來，白司皓心頭一驚，連忙對所有孩子說：「來，我們到外面去郊遊！」

聞言，孩子們超級開心，排著隊，手拉著手，從育幼院大門走出去。看見這一幕的白司皓，卻是一陣心痛。

他沒跟著孩子們走出去，而是轉身去尋找目標。

終於，在儲藏室找到那個鬼鬼祟祟的人影，白司皓衝上前阻止對方。

「住手！你知道自己在做什麼嗎！」

這人也是從育幼院出來的，比他年長很多，白司皓到育幼院時，對方已經快「畢業」了。他隱約記得對方總是一臉陰沉，並不是個討人喜歡的大哥哥。

早年的育幼院並不是個美好的地方，白司皓也遇過被打被罰不能吃飯的日子，幸運的是，沒多久後，育幼院體罰孩子、讓孩子吃不飽飯的事情就被揭發。

雖然說不上從此以後就變得多好多幸福，至少能過上不夜夜哭泣的日子。

然而，對方卻沒這麼好運，他已經被深深地傷害了，在他離開後，育幼院才改變。

看見對方眼中的恨意，白司皓苦苦勸道：「這間育幼院已經跟以前不一樣了，不適任的人都被辭退，不再有傷害孩子的事情發生了。而且你縱火是想燒誰？最大的受害者都是孩子們啊！」

這也是白司皓完全不能理解和原諒對方的原因，傷害他的人大多不在育幼院了，他回來縱火傷害到的人，都是無辜的孩子！

那人卻不肯善罷干休，兩人扭打起來。

溫文的人此刻終於發火，一拳一拳地揍向對方，腦中滿是事情真正的經過。

那時，他去參加聯誼了，過來時正好見到濃煙竄出，孩子們在裡面哭叫，他沒見到火，只有煙，以為事情不算太嚴重，頭腦一熱衝了進去。

他和其他大人努力指揮讓孩子們快從門口出去，白司皓卻從大孩子口中得知，原本孩子們正在玩捉迷藏，一個個都藏起來了，太小的孩子都嚇得不敢出來，逃出去的孩子數量遠遠不足，他一邊找一邊呼喊著讓所有孩子出來。

白司皓也不知道自己最後找出多少個孩子，等到他真的受不了高溫時，煙早已濃得看不見路，他只能從二樓陽臺往下跳。

最後，一隻腳骨折，渾身都是燒傷，被送進加護病房，痛不欲生，存活希望相當渺茫。

躺在加護病房時，白司皓想問問孩子們怎麼樣了，卻連開口都沒辦法，醫生護士來來往往，沒有人能讀出他想問的問題，他只能從醫生和護士的聊天中得知抓到凶手了，是從育幼院出去的人，早年被虐待，懷恨報復。

孩子們都沒事嗎？只要白司皓掙扎，他們就以為他是痛得受不住，就給他打止痛針。

他始終得不到想要的答案，於是捨不得死。

在痛苦的苟延殘喘中，一個孩子在夜半時分溜進了加護病房。

這讓白司皓感到很驚奇，怎麼會有一個孩子進來加護病房，而且護士們似乎睡著了，完全沒人發現孩子的存在。

他現在的恐怖模樣會嚇壞孩子吧？

孩子卻用一種很心疼的眼神看著他，安慰道：「沒事的，肉體困不住你。」

白司皓有些不解這話，卻能明白孩子正在勸慰自己，他努力彎彎眼尾，表達感謝之意。

「我是說真的，不是在安慰你！」

孩子有點憂慮的自言自語：「沒試過，不知道能不能成功，不行，一定得成功，這可是我的……」

白司皓眼睜睜看著孩子一踏步一年歲，最後走到他床邊的人竟是一名成年男子，他身著玄色金邊古袍，容貌俊美，宛如傳說中的神祇。

「吾乃九歌之首，東皇太一。」

東皇帶著憐憫低下頭，雖是問句，卻不容拒絕。

「斷情絕義，承繼司命，汝可願意？」

再睜眼，已棄名，司命從病床上起身，發現自己身上竟不是穿著病人服，衣袖垂長，袍角翻飛，顏色正如姜子牙說的灰底銀邊。

司命摸了摸臉，將臉上的面具摘下來一看，半陰半陽的面具，象徵生與死。

司命，司掌生死，引渡亡魂。

經這一遭，司命隱隱感覺，或許沒有東皇太一的輔助，他也能自己成行去引渡亡魂了。

有幾分底氣後，司命看向站在面前的「東皇太一」，隱怒道：「你真以為能夠在我面前偽裝成東皇太一？未免太看不起我了！」

話音剛落，東皇太一的形象片片破碎，露出底下真貌，長眼濃眉的將軍就站在他面前，手持青銅劍，威風凜凜。

司命看向青銅劍，若有所感，終於明白此人為何強大到這般匪夷所思。

太一的日芒面具、這人的青銅劍，都是他們遍尋不著的隨身之物，一旦尋回，實力將大不相同。

司命已不記得自己擁有過什麼，只覺得心裡似乎缺了一塊，盼望著有天能碎片尋回，拼湊出完整的自身。

司命看向那名將軍，不懼地說：「畢竟司掌的職責不同，我雖無法擊敗你，但你也困不住我，這個界對我們九歌都是同等的加持，誰都奈何不了誰。」

將軍沒有反駁，似是承認這點。

「我終於明白灰霧的來歷了，這是東皇太一的力量。」

「讓整座山都布滿界，持續時間又如此長，你想害死東皇嗎！可知東皇一逝，九歌將再無意義，你怎麼真敢對東皇下手？」

「國殤！」

節之三：東皇太一

李山道人甩出最後一張符咒，逼退快速爬行的黑影。

「師、師傅！」廖安順哭著喊著：「我們下次不要再接飯店的案子，怎麼每間飯店都這麼可怕，不不，我以後都不要再接案啦，我要回去念書！」

「就你那個一加一等於三的爛成績，回去念書不用三天就回來啦，現在不要再多想，你個成事不足敗事有餘的傢伙！這裡不可能有這麼多鬼，絕對是幻覺，而且還是你的幻覺！」

李山道人看著屋子裡的「盛況」，默念這肯定是幻覺，那些灰霧有古怪，絕對不是這裡真的出現百鬼夜行，就是大古墓都沒有這裡誇張！

一開始朝他們衝過來的女屍，四肢倒著爬行，肢體扭曲，看起來宛如人體蜘蛛，怎麼看怎麼噁心，李山道人本來覺得這肯定是個厲鬼，這裡的異象說不定就是這個女屍引起的！

蔡老闆明明說，請他來只是以防萬一，不會有大事，張家大師已經處理過了，結果這就叫處理過了？

雖然張家不在中巷市，李山道人對他們也並不熟悉，但多少耳聞過對方家族的大名，不至於處理得這麼粗糙吧？

一發現狀況不對，李山道人倒也不覺得如何，甚至慶幸自己各種符咒和道器都準備得夠充分，沒有因為蔡老闆說只是以防萬一，所以就兩手空空地過來，現在可以直接出手解決這女屍，過後再跟蔡老闆加錢！

但結果卻慘不忍睹，任憑他打散這女屍的形體無數次，下一秒女屍就會從屋子的各個角落，用那種噁心的扭曲姿態爬出來。

李山道人暗道不妙，這妖物很可能不是他有辦法對付的，只好趁著女屍被打散的瞬間，拉著徒弟就往外跑。

留得青山在不怕沒柴燒，李山道人也不是第一次失手，老實承認打不過又怎麼了？

總比把命丟在這裡好，他還有個小徒弟呢，難道師徒倆還為了爭點面子拚命不成？

說笑呢！頂多逃出去後，他幫忙打個電話給路大師，讓人家輕輕鬆鬆解決，搞不好他還有機會分個一兩成當仲介費，這不輕鬆愉快嗎？

兩人一跑出屋外，卻見周圍灰霧瀰漫，什麼東西都看不見，連要往哪跑都不知道。

這霧濃成這樣，師徒倆都覺得不對勁，不敢貿然踏進霧裡，看久了，灰霧中似有古怪。

「是大蜘蛛啊！」

在廖安順慘叫後，李山道人竟也隱約看出是蜘蛛，而且還該死地巨大，都超過一層樓高了，他倒吸一口氣，哪裡突然冒出這麼恐怖的妖物，這肯定有哪裡不對！

蜘蛛越走越近，廖安順忍不住了，衝回屋內，女屍噁心歸噁心，在他短短的接案人生中倒是不少見類似的東西，外頭的大蜘蛛可就完全是兩回事啊！

「等等——」

李山道人來不及阻止徒弟，眼睜睜看著對方衝回屋內，然後發出慘叫聲。

李山道人氣得差點要吐血，外面的大蜘蛛看起來恐怖得超乎常理，但他不信那蜘蛛真能走出濃霧過來把他和徒弟吃了。

要知道，越是不可思議的妖物，越是難以成型，所以他接的案子多是孤魂野鬼之流，畢竟再不信的人，往往也對鬼魂抱持著少許觀望的心態，少有人會一口咬定說絕對沒有。

但眼前這個巨大蜘蛛怪物信的人可就少了，光是這樣藉著灰霧遮擋，若隱若現地出現，已經是很不可思議的事情了，若真走出灰霧……

李山道人覺得自個兒主動往蛛嘴跳就是了，還能死得痛快點。

蹉跎這幾秒，那蜘蛛果真沒有踏出灰霧，李山道人的猜想是對的，待在外面遠比屋內安全，結果，他那傻徒兒就這麼衝回屋內了。

聽著屋內哭著喊著「師傅」，然後大門被撞得砰砰作響，但就是打不開，李山道人還能怎麼辦，自己找的徒弟，再蠢也得救啊！

李山道人拿出電子鎖卡片刷開大門，門一開，徒弟衝出來抱住他的大腿，哭著說：「師傅啊，紅衣小女孩都出現啦，這間飯店一定就是猛鬼大飯店吧，裡面有女鬼，外面有大蜘蛛，我們師徒倆要沒命啦！」

李山道人才發覺不對，再仔細一看，哇靠，攀在客廳天花板那隻還真是紅衣小女孩！

李山道人滿臉黑線，總算明白發生什麼事，他們肯定身處一個很厲害的界中，這個界把他徒弟害怕的東西一個個化出來嚇他們師徒倆。

憑實力坑師啊，這蠢徒弟！

雖說是假物，但若是被這些「假物」確實攻擊到了，李山道人覺得自己可能還有機會活命，但這蠢徒弟八成立刻要死！

現在是要待在屋內，還是待在屋外？

李山道人游移不定，雖說大蜘蛛應該不會走出灰霧，但他的小徒弟已經是驚弓之鳥，在廖安順的眼裡，那隻大蜘蛛或許真會走出灰霧，一腳將他踩扁。

李山道人甚至可能根本反應不過來，就看見徒弟噴血倒下死亡，連個救的機會都沒有。

界就是如此詭譎。

你眼見的不一定是我所聞的。

待在屋裡更不是辦法，裡面是樓梯爬下女屍，天花板攀著紅衣小女孩，角落還有各種黑影盤據，李山道人真不知道接下來這些黑影會在廖安順眼裡變成什麼鬼東西。

一咬牙，李山道人拉著徒弟往外走。

「等等，師傅啊！」

廖安順嚇得狂拉住師傅，外頭有大蜘蛛啊！

李山道人氣結地吼：「廖安順你到底信不信你師傅我？」

若放在平日，廖安順搞不好真會貧一句「不信」，但在生死交關的時候，他卻毫不遲疑地哭說：「信，我信師傅！」

「信就跟我走！」

李山道人拉著徒弟往霧裡走，當然，挑了個離蜘蛛最遠的方向，雖然李山道人認為出口多半就在蜘蛛盤據的地方，他可沒少聽廖安順拿著手機大喊「看我打完這個 BOSS 通關」。

要通關，不就要先打 BOSS 嘛！

雖然李山道人猜到出口在哪個方向，但就怕徒弟被 BOSS 一腳踩死了，打算先拉著他避避風頭，等徒弟徹底冷靜下來，或者這個界消失，到時再出去也不遲。

反正李山道人是不打算解決這個界了，這已經遠遠超出他的能力範圍，能夠架出這種界的人或妖，絕對是他招惹不起的對象，只能讓蔡老闆自求多福吧！

踏進灰霧之前，李山道人拿出壓箱寶的道器，在徒弟身上掛了兩枚，又說明清楚狀況，讓廖安順盡量冷靜一點，別再胡思亂想。

師徒倆在灰霧中舉步維艱，不時看見黑影閃過去，幸虧那隻大蜘蛛並沒有追上來。

兩人不斷遠離那隻大蜘蛛，不知是否在視線受阻的狀況下前行不容易，明明沒有走多遠，兩人卻已經累得夠嗆。

李山道人覺得自己是不是老了，腿腳真不行，才走上這麼一段路，就覺得累得要死。

「停下來吧。」

李山道人和廖安順都是一僵。

灰霧中的幢幢黑影不知何時，竟有一個變成年紀約莫國中時期的男生，站在路邊對兩人說話。

兩人連忙快步衝過去，視而不見。

但又走了一段路，那個國中生再次出現在旁邊，提醒：「再走下去，你們會死的。」

李山道人拉著徒弟，再次走過那個男生，咬牙低聲問：「廖安順，你看過什麼電影電動，裡頭有這種年紀的男孩會變鬼或變怪物嗎？」

廖安順哭喪著臉，努力回想，怎麼都想不起來，哪來這種國中男生變鬼和怪物的電影，沒看過啊！

他拚命搖頭，絕望地問：「師傅你不能打電話給上次那個神父，叫他來救救我們嗎？」

李山道人大罵：「要是能打通電話，我早就打給路大師求救啦，還輪得到你來提醒我？」

這時，那名國中生竟「咦」了一聲，問：「你口中的路大師該不會是指路揚吧？」

李山道人一僵，不聽不回應，這只是界根據他的記憶順著編造的謊言，很多妖物確實可以探查人的內心……

「或許是緣分吧。」國中男生嘆了口氣，說：「正好，其他人被看管得太嚴了，我實在偷渡不過去，只能拜託你們了。」

廖安順低頭哭著念：「我不聽我不看我不回……」

男生好心地提醒：「你們已經走了快三天的路，再走下去，是真的會死的。」

李山道人一聽，腦中突然一個靈光，如夢初醒，整個人虛脫坐倒在地上，口乾舌燥，只覺得下一秒就要暈死過去。

廖安順不解地低頭看向師傅，發現對方臉色慘白，嘴唇發紫起皮，整個人看起來都不好了，仔細一聞，還滿是臭酸味。

聞到這味道，他突然發現，自己身上也是一股臭鹹魚味，好像跑步跑了一整天卻不去洗澡就這麼睡到隔天早上，他整個人軟倒下來，滿臉慘白，兩腿顫顫動彈不得。

兩人看向那名男生，他站得遠了一點，對兩人說：「這裡有水。」

聽到「水」字，兩人再也顧不得任何幻不幻覺，奮力朝著男生的方向連滾帶爬，靠近後果真聽到水聲，這大約是一個水池吧？但兩人早顧不得衛生不衛生，立刻大口大口喝起水來。

「多謝高人搭救，我李山道人欠您一份情，可以請問高人您的大名嗎？」

重新活過來以後，李山道人誠心誠意地道謝，這時他也明白這國中生真的是好心提醒他們，更明白這人絕對不是一個普通的國中生……

沒想到，他們看似已經逃離女屍和大蜘蛛，卻陷入更深的陷阱中，這灰霧扭曲他們對時間的感受，讓他們不斷往前走，若不是這名國中生提醒，他們或許會在倒地死亡的那瞬間，才明白這一切，但那時早就已經遲了。

「我是傅太一，你也不需要欠我一份情。」傅太一嘆道：「這一切，也算是被我們九歌連累了吧，反倒是我欠你一次。」

「你是鬼嗎？」

廖安順忍不住開口問。

李山道人忍住想暴打徒弟的衝動，鬼什麼鬼，不能說得好聽點嗎？好歹叫鬼仙啊！

「我不是鬼。」傅太一皺眉說：「雖然再這樣下去，我離鬼也不遠了。我需要你們幫我一個忙，同時，這也會幫你們脫困，至少可以送你們去跟其他人會合。」

說到這，他委婉地說：「你們再不去跟其他人會合，下一次，可能就沒有遇上我來提醒你們這種巧合了。」

聞言，李山道人立刻說：「要幫什麼忙，儘管說！」

「我需要你們去傳遞一個消息……」

一個國中生朝著一大團灰霧前進，走到灰霧前，他垮下臉，知道自己進去後就再也出不來了。

但他也是沒有辦法，再繼續在外面晃蕩，最後別說元氣大傷，保不保得住命都很難說。

既然已經決定選擇把消息傳遞給李山道人，現在也只能靜待其變了，他毫不遲疑踏進灰霧。

穿過重重灰霧，這堆霧後竟是一幢華美的仙宮，他踏上仙宮階梯，在打開大門的瞬間，一幢現代日式裝潢屋子的畫面一閃而逝，但門打開後卻是仙宮的長廊。

他一路穿過雕梁長廊，周圍有仙女在彈奏古樂，翩翩花瓣飄落到地上便消失無蹤。

最後來到輕紗掩蓋的大床前，風吹紗起，床上赫然躺著一名穿玄色金邊袍的男人，他雙眼緊閉，不知生死。

站在床前，國中生的身影漸漸淡去，最後只留一聲嘆息。

「希望他們能明白吧，關鍵就在那人身上，這是我唯一能做的了。」

殤九歌

CH.4 山間墓

節之一：千年樹山鬼魂

跟著冷雲走在灰霧之中，姜子牙剛開始還有點擔心，但看冷雲還真的不會迷失，明顯知道自己走在哪裡，他也漸漸放心跟著對方走。

「你能知道其他人在哪嗎？要優先找到傅君！」

冷雲冷著張臉，有點不想回答這個問題，一般正常人是不能在這種狀況下知道其他人在哪的吧，但聽到傅君的名字，他卻還是不得不開口說：「大概知道哪裡有人，但不能確切知道哪個是傅君。」

姜子牙覺得有點可惜，但有冷雲的幫助，已經比他一個人迷失在灰霧中，來得好太多了。

「你別太信任我。」冷雲突然這麼說。

姜子牙訝異地問：「什麼？」

「我長年吃藥很久了。」冷雲冷漠地說：「憂鬱症、妄想症，有自殘傾向，近幾年是控制得像個正常人，但不代表我就真的正常了。」

他停了一下，說：「就像現在，我看見灰霧中有很多奇異的景象，而你似乎完全沒有看見。」

他果然還是瘋得比其他人厲害一些，只是裝得貌似很正常。

姜子牙笑了出來，說：「沒有看見對我來說倒是比較稀奇，我的左眼從小就可以看見很多奇怪的東西。」

聞言，冷雲看向姜子牙的左眼，發現對方的眼睛竟然帶著一塊藍，他皺起眉頭，仔細聆聽。

「你一定覺得是陰陽眼，但我的眼睛比那個糟糕多了，你相信我每天都會看見妖精、史萊姆，甚至天使那種不可思議的東西嗎？」

冷雲皺眉，聽上去確實比他還嚴重點。

姜子牙比了比自己的腦袋，「我也一直懷疑自己腦子有事，不過是選擇當作沒看見，沒像你認真去吃藥看醫生。」

冷雲張了張嘴，還是沒解釋一開始吃藥是因為家裡發生事情，導致他精神崩潰有自殘傾向，所以不得不的選擇。

姜子牙想到發現路揚不對勁之前，那些努力隱藏的日子，忍不住深呼吸一口氣平復心情，這才有辦法繼續下去。

「直到最近，人家告訴我，那些東西叫做幻妖，始於人類的幻想，有的是更危險的器妖，誕生於古老的器物，我才終於明白不是自己的眼睛有問題。」

冷雲的眼神閃了閃。傅太一也說過類似的話。

「所以啊，我的腦袋沒有問題，你的當然也沒有！而且還很有用呢，如果不是你，我現在根本不知道要去哪找傅君，連在灰霧中行走都有問題吧！」

聽完姜子牙的話，冷雲知道對方是想勸慰他，他的回報是沉默領路，希望能如對方願找到傅君。

「我都說完我的事，作為回報，你也說說你自己的事吧！」

姜子牙知道把事情說出來，絕對是釋懷的第一步，而且還是最重要的一步，瞧瞧他和路揚一個坦承劍，一個坦承左眼的事情，雖然日子過得雞飛狗跳，但姜子牙還是覺得比之前那段隱藏的日子要好多了，況且，他還挺好奇九歌成員的故事。

冷雲遲疑了一陣，但他確實聽完姜子牙的故事，不回應不是他的作風。

「傅太一找上我的時候，我以為他是我的幻想，畢竟他有非常不平凡的一面。」

東皇太一的那一面，姜子牙點頭，走進書店看見神仙那種驚嚇感，他懂！

「但他卻是個真人，嘴裡說著奇怪的神話，還說我是雲中君，司掌雲霧，我該怎麼相信這種話？」

冷雲永遠記得傳太一說的那句話。

斷情絕義，承繼雲中君，汝已達成。

當時，對方是一名身穿玄底金邊袍的神仙，冷雲只覺得自己果真瘋了，為了給家人的死找一個理由，連神仙都掰出來了。

姜子牙覺得不能怪冷雲不相信，他到現在也沒搞清楚老闆到底是什麼東西。

「你就當作這是一種遺傳的超能力吧。」

冷雲沒反應過來：「什麼？」

姜子牙努力舉例：「有個驅魔神父，有執照的那種，跟我解釋過你們這是一種特殊傳承，國外有很多案例的！像我朋友路揚也有一把飛劍，可以斬妖除魔。」

「還有天使喔！本來是守護靈，後來附在他主人的屍體上，現在跟著奶奶一起生活……」

啊，這樣講下來，老闆的狀況好像也沒有多奇怪嘛！

姜子牙突然覺得幸福是比較來的，看看別人是多麼奇怪啊，我就這麼一隻會看見真實的左眼，只是普通奇怪而已吧！

聽到這些，冷雲沉默了一下，說：「我覺得我又該吃藥了。」

姜子牙哭笑不得，但他也聽出來對方的語氣軟化了，並不是之前那種冷硬的「你騙不了我，我有吃藥」，而是帶著一點頭疼無奈的「這世界好複雜，我去吃個藥壓壓驚吧」，這樣微妙的差異。

冷雲突然停下腳步，說：「傅君還是孩子，我想他應該比較弱小，聽你描述他很有可能跟山鬼在一起，所以我找了兩人一組的，我們很接近了，我想你可能需要做個準備。」

姜子牙立刻問：「齊彥，找到傅君以後，我們要怎麼做？」

讓冷雲帶著你們先去找路揚會合，然後再去找其他人。

冷雲看著姜子牙對著空氣說話，決定當作沒有看見。

他提醒：「來了。」

話剛說完，灰霧中，衝出兩個人，卻不是姜子牙盼望的傅君和山鬼。

姜子牙驚訝地脫口：「李山道人？你們怎麼會在這裡？等等，該不會又是假的吧？」

李山道人一驚，之前還想打電話給路大師呢，結果現在就見到路大師的助理了，如果是見到路大師，他還會懷疑一下是不是幻覺，但現在出現的人卻是路大師的助理，這個真實性可就高了，因為他壓根沒想到過路大師的助理，灰霧就算要弄幻象，也會弄出路大師而不是他的助理吧。

「是真的人！」李山道人連忙解釋：「我是被飯店老闆叫來坐鎮，他說這裡的古怪已經被張家大師解決了，只是為了以防萬一，所以請我過來坐鎮，哪知根本沒解決，還嚴重得要命！」

是真要命啊，若不是那個國中生出現，他和徒弟得活活走到死！

冷雲想了想，說：「或許當時只是解決了一個誘餌而已。」

居然還有誘餌？李山道人一驚，這個妖物的功力到底有多高深，竟能安排得這麼巧妙！

「後來我們遇到一個國中生，他說自己叫傅太一。」

「你們遇到傅太一？」

姜子牙一驚，連忙問清狀況，卻得知他們遇到的是一個國中生，自稱傅太一，救了他們，還要他們幫個忙。

這可能是關鍵！姜子牙嚴肅地問：「傅太一到底讓你們做什麼？」

廖安順搶著說：「到半山腰，尋千年樹，見山鬼魂，他還給我們指名方向，結果走到這裡，我們就迷路了，這霧濃成這樣，我們根本看不見半山腰到底在哪，怎麼可能走對路啊！」

「你們已經走對了。」姜子牙卻理所當然地說。

廖安順不解地看向他。

姜子牙朝著冷雲一比，解釋：「老闆根本不是跟你指示千年樹在哪，而是要你們來找冷雲，只有他才有可能帶我們找到千年樹。」

原來事情是這樣嗎？李山道人精神一振，他本也覺得比個方向讓他們走到半山腰找千年樹，有點不靠譜，奈何沒別的選擇，也只能走走看，但原來恩人還是靠譜的，這是讓他們來找靠山啊！

聽到老闆想找這什麼千年樹，但姜子牙的首要目標卻是傅君啊，他實在擔心對方的狀況，不想先去找什麼千年樹，但是老闆的事情可能很重要，或許可以破解灰霧……

他游移不決，只好先問：「冷雲，你能找到千年樹嗎？」

冷雲解釋：「我知道半山腰的樹林在哪裡，可以看見樹冠，但是不知道哪棵是千年樹。」

姜子牙只好問齊彥：「你覺得該怎麼辦？」

去找千年樹，如果太一知道冷雲在這裡，肯定知道小君也在這，他還是做出去找千年樹的指示，那就照他說的話去做，他不會害小君。

了解！老闆確實不會害傅君。姜子牙對眾人說：「我們去找千年樹。」

有冷雲的幫助，加上眾人都不是普通人，有了防備以後，不那麼容易被幻象影響，前進得倒是十分順利，沒多久就來到那個所謂的半山腰，但眾人卻遍尋不著千年樹這種東西。

冷雲分析：「這裡還是飯店的範圍，大片的草地，連樹種都是特別栽培過的，沒有哪棵像是千年樹，或許找錯地方了，半山腰不是指這裡，但我也不知道是指哪裡了。」

眾人沒有辦法，最後只能決定照原定計畫去找傅君，或者，照齊彥的建議，先找到路揚，擁有最強武力值，或許來得更保險一點。

周圍的灰霧不停翻滾起變化，冷雲漠然走過去，打從他踏進灰霧，各種景象在霧中上演，只是他能分得清幻象和人，選擇不去看那些幻象，免得讓自己陷入迷惘。

姜子牙突然停下腳步，在冷雲走過去的地方，他突然看見一個白衣女孩踩著輕快的腳步擦過冷雲的身側。

他突然想起李山道人轉述傅太一說的話。

到半山腰，尋千年樹，見山鬼魂。

「姜子牙？」冷雲等人不解地看著姜子牙。

姜子牙問：「你曾經說看見灰霧裡有很多景象，那有看見一個白衣女孩嗎？」

雖然冷雲很努力忽視灰霧異象，但終究還是看得見，不可能完全忽視，他點了點頭，確實有看見一名女孩，而且還是時常看見。

「那你能讓我們跟著她走嗎？」

冷雲一愣，「可以是可以，但不去找傅君嗎？一個孩子在這裡太危險了，應該盡快把他找回來。」

齊彥說，山鬼會保護傅君，而他們的目的似乎是要見山鬼魂。

姜子牙有點遲疑地說：「這是我的猜測啦，找到千年樹，見到山鬼，搞不好就找到傅君了，所以老闆才讓我們去找山鬼。」

聞言，冷雲也不再堅持，他看向灰霧，仔細從異象中找尋姜子牙所說的白衣女孩，沒多久就看見那名女孩在灰霧中若隱若現，所謂的白衣竟是一襲睡袍。

「這邊！」

冷雲指示眾人跟上，他踏上女孩走過的路徑，周圍的異象瞬間化為真實，周圍從灰霧重重變成綠意盎然的森林小道，小道看起來沒有多少人工痕跡，純粹就是人走出來的無草小徑。

眾人都有些嚇到了，認為自己又被幻象迷惑，要快點擺脫才行。

這時，那名睡衣女孩停下腳步，在小道上走來走去，似乎在遙望著什麼，等待著什麼，但遲遲等不到，最後她坐在大樹的樹根上，繼續等待。

這次沒等多久後，一個男孩子從對面走過來，直直地走到女孩面前，停下腳步，低頭看著她。

「好慢喔！都這種時候了，你居然還讓我等！」女孩不高興地嘟嘴說：「方國里，你這麼不在乎我，如果我真的死掉了，你會想我多久啊？」

那個男孩子一出現，姜子牙瞬間就認出來，長眉大眼，雖然年紀還小，但這絕對就是那名將軍！

原來，帶走傅君的將軍，既不是妖物，更不是古人，他就是人！

節之二：魂斷山間鬼成神

「一輩子。」

方國里認真地回答。

女孩笑了，寬宏大量地說：「那我原諒你，在樹下等你再久都可以。」

女孩卻沒有能多在樹下等幾次。她得了白血病，病情惡化得很迅速，總是穿著純白睡衣躺在病床上，笑吟吟地說自己就算生病也要美美的。

樂觀、開朗，努力與病魔抗爭，女孩最終還是沒能贏過病魔。她渾身瘦得只剩一把骨頭，卻還是堅持穿著美美的白色睡袍。

在病床上交代遺言，她想要葬在半山腰的老樹下，看著熟悉的人們來來去去。

方國里是她的青梅竹馬，家逢巨變，所以一向沉默寡言。他參加完女孩的葬禮，看著她葬在大樹底下後，直接就從軍去了。

他每放假都必定回來給女孩上香，然後一個人靜靜坐在樹根上。

幾年後，方國里發現上香的人變多了，最後，樹下多了一處小小的廟，每日有人固定上香。

據說，有迷路的登山客看見穿著白裙的女孩子，只要跟著白裙的蹤影，必定能回到大樹下。

聽到傳聞，方國里也不覺得奇怪。那就是他的女孩，一向熱心助人，幫幫迷路登山客也不足為奇。

眾人看見異象演繹到這裡，心裡就有了不好的預感。現在這裡可不是什麼人煙罕至的森林小徑，甚至都沒有看見男孩女孩互相等待的那棵大樹，一切都變成高檔的度假飯店。

果然接下來，開發商到了，推土機也到了。方國里放假回來時，聽到女孩的墓已經被遷走，大樹被砍倒拖走、甚至做成各種家具擺飾，他當場就抓狂了。軍人的身手極好，揍了不少人，後來還被報到軍隊上，挨了好一頓訓斥。

方國里放假沒有地方去了，更糟的是，他總覺得晚上聽見他的女孩在哭著說好痛。

有什麼東西在傷害他的女孩！

為了找出緣由，方國里什麼方法都試過。靈媒或道士通通都是騙子，他們甚至說不出女孩穿著什麼樣的衣服！

每當夜深人靜時，方國里都能聞見血腥味和腐臭味，一入睡就聽見女孩喊痛。他被折磨得都快瘋了，脾氣越來越暴躁，接連因為小事而和人鬧了幾次，最終選擇退役。

退下來第一件事，方國里想先回去山裡看看再做打算，但回去時，卻見山林早就不是那座熟悉的山林了。那是一片古怪的人造山林，整整齊齊，完全不是大自然該有的模樣。

人事已非，方國里只想看看原本的大樹所在，然後就再也不來了。反正女孩的墓已經遷走，祭奠也不在此處。

然而，卻看見他一輩子的夢魘。

穿著白色睡衣的女孩，站在原本的大樹處。她的肌膚滿是血痕，像是大樹被一斧一斧地劈在身上。她的身上傳來腐臭的味道，訴說著動物們的哀號慘死。

方國里走向女孩，如同當年相約在大樹下，他開口便是道歉：「對不起，我又來遲了。」

女孩露出笑容，並不在意。

「疼嗎？」

方國里看著那些血痕，一道道皮開肉綻。他寧可這些傷痕在自己身上，也不該在他心愛的女孩身上，這一道道傷痕烙下的時候，女孩該有多痛？難怪夜夜聽到呼痛的聲音，而他還以為是自己的幻覺。方國里眼中漸漸被染紅。

女孩委屈地點頭。

方國里的怒火幾乎要燒穿胸口，他以命發誓：「那些讓妳哭讓妳疼的人，不久後全都要付出代價！」

女孩卻似懂非懂，她懂得「疼」這個字，卻不是很明白方國里口中的付出代價是什麼意思。

在極度憤怒下，沒有東皇的輔助，國殤卻覺醒了。

「我是國殤，往後將成為妳的將軍，護衛山林的女神，無人可以再傷害妳！」

方國里化身國殤，護衛他的山鬼。

看完這些異象，眾人默默無語。

李山道人思緒凌亂，很懷疑自己到底看了什麼。這完全是一齣復仇大劇啊！那女孩的狀態還算好理解，死後受祭成為山神護佑這一片林地，這事確實不少見。但那方國里看上去明明是人呀，怎麼轉個身就變成古代將軍了？

姜子牙看了看冷雲，後者的臉色果然不平靜。沒想到，原來這一切的根源竟是山鬼和國殤。

山鬼在此，姜子牙早就知道了，但他真沒想到那名將軍竟然就是國殤。老闆這是一次中兩個大獎，直接被其中一個大獎砸暈了呀！

「現在我們知道千年樹的位置了，也知道山鬼魂就在那裡，但國殤到底想要做什麼？」

姜子牙只能問齊彥，這裡對九歌最了解的，就是這抹執念了，好歹他也有傅君的記憶，肯定比長年吃藥不去總部的冷雲還強。

我只是一抹執念。齊彥無奈地回應。

潛台詞就是別為難執念了。

冷雲不解地說：「如果國殤想復仇，怎麼沒有去找蔡老闆？雖然這片山林的開發肯定不是他一個人做的，但至少他是主要開發商。」

姜子牙看向冷雲，靈光一閃，脫口：「如果沒有你，那個蔡老闆恐怕會被困在灰霧裡面，困到現在說不定都死掉了。國殤沒有想到你在這裡，還把飯店裡的所有人都撿回去安置起來。」

原來如此，冷雲點頭表示懂了，他就是蔡老闆的貴人吧。原本想著只是順手把所有人撿回去，倒是沒有求回報的意思，這下子，他今年的年終獎金要領兩份了。

「總之，我們先過去山鬼那裡，或許她可以跟我們說更多事情。」

姜子牙暫時不明白國殤想做什麼。九歌不是以東皇為首嗎？結果這國殤竟然直接把東皇抓起來了，這是以下犯上吧！雖然這個「上」是傅太一，好像也不是不能理解。

眾人來到異象中大樹所在的位置，在異象過後，這裡竟真的重現了那棵大樹的風姿。樹身足有十人抱之粗，樹葉鬱鬱蔥蔥，讓人看著就心生敬畏。這是一尊樹老，值得尊敬看重，而不是一斧頭砍倒。

李山道人搖頭說：「這麼大的樹，長在這種半山腰而非深山老林，還能夠長到這麼大，實在不容易。結果那開發商說砍就砍，難怪會惹禍上身，對大自然真是無敬無畏！」

白色睡衣的女孩就坐在同樣的樹根上，她看著眾人，竟沒有像異象那般一身血痕，而是艷麗華美的山林女神之姿。

一看見眾人前來，山鬼顯得很高興，她似乎很喜歡有人氣的感覺，笑眼彎彎。

她依依不捨地看向樹根，掀起一片垂鬚，傅君正屈膝坐在那裡。他茫然地抬起頭來，看起來毫髮無損。

「傅君！」姜子牙胸中的喜悅幾乎要爆出來，這不只是他的情緒，還有齊彥的。

見到熟悉的人，傅君也很激動，他立刻從樹根處爬出來，衝到姜子牙身邊，一手牽著姜子牙，另一手牽住冷雲，這才放下心來。他可不想一個不小心又陷入幻覺，直接被帶走了。

冷雲有些不習慣牽手，卻還是穩穩牽住傅君的手。他還記得當年，傅太一曾經說過東君與雲中君是搭檔，要他和傅君好好培養默契。

讓他一個成年人跟當時只有幼稚園的傅君培養搭檔的默契，冷雲沒踹副太一，都算他脾氣好！

「傅君你沒事吧？」姜子牙關心地問：「我眼睜睜看著你被將軍帶走，都快要嚇死了。」

若不是齊彥說山鬼會保護傅君，姜子牙早就在灰霧亂衝亂撞到處找傅君了。當然，那樣肯定是找不回來的，他根本不可能知道山鬼和國殤的故事，進而發現傅君躲在大樹的樹根下。

「山鬼趁著國殤離開的時候，偷偷把我藏起來了。」傅君難過地說：「我待在這裡的時候知道一切經過了。死去的女孩之魂和這片山林結為一體，成為初生的山神，這才是真正的『山鬼』！

「結果，山林卻遭到破壞，讓山鬼受傷嚴重。她已經傷到就剩現在的女鬼型態，沒有多少力量，甚至沒辦法長時間離開這棵大樹的幻影。之前那次到市區找我們已經把她的所有力量都耗光了，她只能眼睜睜看著國殤把我們分開困住。」

聽到這些話，又看過這女孩有多善良努力，姜子牙也感到非常不捨，問：「難道真的沒辦法讓她復原了嗎？」

「如果要讓她復原，就要在這裡重新種下一棵樹，讓這塊地方休養生息，恢復成自然山林。」

聞言，冷雲立刻就知道這事很困難。山林閒居已經開發到可以營業了，就算蔡尊保這次被嚇破膽，不敢再碰這裡，這麼大的案子可不是一個人說了算，肯定還會有其他人來接手。

但發生過土石流，事情就不同了，冷雲思索著。說不定可以從這裡下手，畢竟沒人會想來一個有土石流的地方渡假，稍微操作一下，或許可以讓這裡以保育水土之名重新封閉。

傅君難過地說：「山鬼還說，她不喜歡國殤的那把青銅劍，自從國傷把劍拿回來以後，個性就越來越暴戾。她沒想到國殤會把東皇抓起來利用他的力量，她要我們趕快去救他，這片灰霧耗費東皇太多力量了，再這樣下去，東皇他……」

他含著淚說：「太一會死掉的！」

姜子牙嚇了一跳。這片灰霧竟然是老闆的力量，他家書店老闆未免也太威了吧！這是以一人之力讓他們所有人在這裡團團轉！

但再威下去就要出人命了，姜子牙立刻問：「老闆在哪裡？我們現在就去救他！」

山鬼響起銀鈴般的笑聲，待眾人看向她，她這才說：「別……」

傅君無奈地說：「我也想快點去救太一，可是山鬼讓我們先去找路揚哥。國殤看守東皇看得很緊，不像看著我這樣，弄丟了就算了，不妨礙大局。子牙哥你不要小看國殤，他是九歌的將軍，雖然沒有太多別的能力，但只要握著那把青銅劍，打起來不輸路揚哥的！」

這麼強啊？姜子牙嚇了一跳，連忙說：「那讓冷雲帶我們去找路揚，他找人最強了！」

「路揚嗎？很強大的那一個？」冷雲默默地看向遠方，「那應該是那個方向。」

生命力強大宛如火炬般熊熊燃燒，但火中隱約燃著一絲令人不快的氣息，有點類似……燒焦味？

這和另一個人的氣息有點相似又有點不同，同樣如火炬一般強大，但是這邊令人厭惡的感覺更加強烈，卻是一種陰冷的氣息。

冷雲實在搞不懂，一個明明是姜子牙這邊的人，另一邊是九歌的成員，但兩邊竟都有著讓人不愉快的氣息。

他提醒：「那個路揚和你們口中的國殤，似乎離得很近，或許快要碰上了。」

聽到這話，姜子牙有點擔心路揚的安危。雖然那傢伙強悍得常常讓人懷疑他不是人，但那個國殤聽起來也很可怕，還有這些灰霧的幫忙，路揚很可能會落在下風。

畢竟那傢伙總是拿界沒有辦法，簡直照三餐困在界裡。如果國殤在和路揚開打之前，先用界做個陷阱出來，路陽可能就有大危機了！

姜子牙望著自己能帶過去的幫手，冷雲、傅君、李山道人和一個廖安順，明明人就不少，為什麼感覺似乎沒有太大幫助呢？

他感覺頭疼，扶著額說：「我們去找路揚！」

節之三：青銅劍折將士殤

路揚走在灰霧之中，幾乎是暢行無阻。打從經歷過那段過往後，他和剔的心靈相通又更高了，幾乎是他心中念頭一起，剔就已經做出他希望的攻擊了。

灰霧讓人陷入幻象的能力再強，若在成形就被砍散了，那再強也沒有用。路揚還會讓剔施展大絕招，一口氣砍散方圓十公尺的灰霧，在那一瞬間，飯店真實的樣貌就會呈現在他眼前，讓他可以找出正確的道路。

路揚就靠著這樣暴力突破的方式，一路前行，漸漸找到了方向。雖然他並不知道那邊有什麼，但敏銳地發現灰霧的濃度增加了，直覺告訴他路線沒有錯。

接著那名將軍就出現了，擋在路中間，也證實了路揚的直覺是對的。

「剔！」

剔立刻朝著將軍飛刺過去。

路揚正是無所畏懼、自信心空前爆表的時候，雖然警戒心還是有，但他真不認為自己和剔聯手還會打輸誰。既然如此，那就開戰，直接把主使者打掉，界架得再厲害又如何！

「路揚小心！」

聽到姜子牙的提醒，不管是真是假，路揚立刻提起十二萬分警戒，立刻察覺到破風聲。他勉強彎腰艱難躲過第一擊，未料對方的速度之快，隨即又迎來第二擊。他被踢中膝蓋，單膝跪了下去，因此遲了一步沒來得及退開閃避。

此時，幻象退去，遠方的將軍竟然只是障眼法，真正的國殤就在路揚身旁，一劍未砍中，立刻踹倒對方贏得一瞬的攻擊機會，緊接著砍下一劍。

路揚臉色一變，剔也來不及回援，他舉起手阻擋，同時翻滾閃躲。為了保命，只能犧牲一隻手了，他只期望翻滾得及時，可以卸掉大部分下砍的力道，同時青銅劍不要太過銳利，否則他的手或許就保不住了……

一個人影衝上前來，一腳準確地踹在國殤的手腕上，本意是想把劍踹飛出去，奈何國殤握劍握得死緊，即使手被踹得往外彈開，也沒能讓他鬆手。

踹劍失敗，但至少讓對方的劍彈開了，此時不追擊更待何時，那人立刻補上一記迴旋踢，將國殤踢得踉蹌兩步。國殤見事不可為，當機立斷退開一大段距離。

得救了！路揚翻滾完立刻順勢翻身跳起，剔也回到他的身邊，一人一劍嚇得把剛剛爆棚的自信心全部吃了回去，瞬間變成小孬孬。剔不離人，人也戰戰兢兢地面對下一個可能來到的攻擊。

不過到底是誰救了他？路揚有點好奇。有這種身手，難道是他媽？

對方轉過身來，確認路揚沒事。

「子牙？」路揚吃驚地看著姜子牙，但再看一眼卻又覺得不是姜子牙。長相是一樣的，但神色大不相同，看起來完全就是不同人！

他怒道：「你是誰？」

那人的神色瞬間變化，又是路揚熟悉的那個姜子牙了，他喊：「路揚，是我啊！」

路揚看著那瞪大眼還帶點迷茫的表情，沒看出什麼異狀，加上對方又救了他，怎麼也不該是幻象，他又驚又疑地問：「子牙，真的是你嗎？你到底哪來這麼好的身手？」

別說路揚，連姜子牙自己都嚇了一跳。剛才出手的人根本就不是他，而是齊彥。

在齊彥和齊君 的那段被追殺的那段回憶裡，齊彥明明就是被野獸咬斷手後便開始逃亡，根本沒有身手這種東西啊。傅君的記憶果然缺失很大，他哥哥絕對不是省油的燈！

姜子牙看見國殤又重振旗鼓，連忙說：「晚點再跟你解釋，你先打你的架，我接下來不一定能幫你，你千萬別指望我！」

剛才救下路揚後，姜子牙就沒再聽到齊彥有任何反應，搞不好已經消失了，這讓他有點欲哭無淚。讓齊彥跟了一路，不就是為了讓他好好跟弟弟道別嗎？結果為了救路揚，說不定已經把道別的機會用掉了。

但救路揚也是必須的，姜子牙就是覺得有點對不起傅君。

這時，其他人也從灰霧中走出來，冷雲牽著傅君，李山道人也拖著嚇得抱著他大腿的徒弟。

傅君注意到姜子牙的視線，有點搞不清楚是怎麼回事。為什麼子牙哥要一臉愧疚的看著他？

路揚和國殤兩個人再次對上，同樣使劍，方式卻大不相同。國殤是真的把青銅劍當成劍來用，他的劍法也極好，讓赤手空拳的路揚難以近身。

路揚和剔卻是完全不同的作戰方式，他們像一對搭檔，分進合擊，默契十足，讓國殤有種正和兩個人作戰的感覺。

旁邊看著的李山道人臉都黑了。他也能耍耍桃木劍，但絕對不是這種耍法，而且那柄仙劍是怎麼回事啊？路大師看起來又更強大了啊！他回去以後，絕對要把路大師的電話號碼抄得到處都是！

剔再一次被青銅劍擊飛，氣得劍身都要發紅了。不是他比青銅劍弱，而是對方的攻擊是人加上劍的力道，他卻是自己單一支劍，當然吃虧了。

剔飄在空中，掙扎了一會兒，最後立在路揚的正前方，伸手就能觸及。

這意思是……路揚屏住呼吸，再三確認剔的心意後，他才敢伸出手去，一把握住剔。

過往，他從未曾握過剔。原本甚至連碰都碰不到，是在遇上姜子牙後，情況才改變的，但也只是不小心碰到而已，如此牢牢握住劍的情況是從未曾有過的。

但即使是第一次握住剔，路揚卻握得如此順手，彷彿剔就是他手臂的延伸。

路揚終於真正與國殤以劍博劍，雖然路揚從沒握過剔，但他始終沒有停止練習劍法。一來那是傳承阿路師的劍法，即使是桃木劍也能用上，二來也心存期盼，或許哪天就能持剔作戰了。

雖然以前的剔連個實體都沒有，但人總是要有夢想，萬一實現了呢？

如今，還真的實現了！

說不定還是最後一次呢。路揚不覺得剔會願意一直乖乖當把劍，這次也只是逼不得已吧。想到這，路揚懷著這第一次也可能是最後一次的心情，簡直要把劍舞出花來了。

姜子牙看得嘖嘖稱奇，本來就覺得路揚很強，現在又更進一步，沒有人能打敗手中有劍的他！

另一邊，國殤雖有傳承記憶，加上當職業軍人的戰鬥實力，但傳承的畢竟只是記憶。和一般人打鬥時或許看不出什麼差別，不過和路揚這等高手戰鬥，光有記憶，卻沒有千錘百鍊的身體記憶，那可是不夠的！但是軍人畢竟還是練槍法居多，雖然也會練刀，但這年代誰還會把刀法練出花來啊！

對打約一刻鐘後，青銅劍被打飛，插在有段距離的地上。

國殤立刻退開，想衝過去把劍撿起來，然而這時剔再度脫手，直接飛過去把國殤擋下來，不讓他去撿青銅劍。

國殤冷哼一聲，回身以拳腳和路揚周旋，雙方都沒有劍，他可不相信自己會打輸一個小鬼頭。只要等路揚被擊退、那把飛劍忍不住過來支援的時候，他就可以去拿回自己的青銅劍。

然後，國殤驚訝地發現，路揚的身手還真不是普通厲害，絕對不是表面功夫。每招每式都盡可能的簡潔，務求以最快的速度擊倒敵人，這哪像一個年輕人的身手，簡直是千錘百鍊出來的戰士！

一旁，姜子牙更確認路揚這傢伙真的不算人。兩人的戰鬥完全是非人等級，不是只有劍法好和身手好，步伐踩在地上會發出悶悶的「砰」聲，直接將人行道地磚踩裂啦，揮劍若砍到東西就是直接劈斷啊，路燈都斷了是哪招！

呵呵，就算齊彥還在，姜子牙也絕對不要讓他操縱自己的身體上前插手，真的會死人啦！

「路大師好強好帥簡直是超人啊！」廖安順興奮得像個小迷弟，上次還心不甘情不願地叫路大師，這次要他叫路神可能都真心誠意。

兩人周旋的途中，國殤發紅的雙眼漸漸恢復正常，思緒開始變得清明，雖然仍舊悲傷憤怒，卻不再因此失去理智。

國殤抓了個機會退開來，疑惑地看向青銅劍，心中察覺有異。但沒有這把劍，他是萬萬打不過路揚的，只能呼喚青銅劍回到他的手上。

既然那把剔能做到，他相信自己的青銅劍也能！

青銅劍身顫抖，眼見真的要從地上飛起來，重新回到國殤手上，卻有一隻手輕點在劍柄尾端，一根蔥白玉指直接壓住躁動的青銅劍。

灰霧散去，露出那人的真貌，他身著玄底金邊袍，俊美的臉龐略顯蒼白，還要倚靠旁人的攙扶。

司命憂慮地看著身旁這人，他能感覺到東皇是真的虛弱。

見這人出現，國殤臉色一沉，他在這邊阻擾路揚繼續朝關禁東皇的屋子前進，卻有別人趁機救出了東皇。他放在屋子周圍的守衛呢？

司命心有所感，察覺國殤的疑問，他微微一笑，說：「死去野生動物化成的妖物，真以為能擋住司掌生死的我嗎？」

東皇太一溫和地對冷雲說：「冷雲，能麻煩你把我的面具拿過來嗎？也幫我把傅君帶過來吧。這孩子竟然跟到這，真是！」

他嘆息，東君年紀還小，根本不該踏入危險。

冷雲直接牽著傅君過去，灰霧隨著他的移動前行，像是在護衛著他和傅君。

傅君一到東皇身邊，立刻牢牢抱住對方的腰不肯放。

東皇太一揉揉孩子的頭，從冷雲手上接過日芒鳥嘴面具覆上，古老幽遠的聲音從面具後面傳來。

「國殤，你本不該是如此模樣。憤怒遮蔽你的理智，青銅劍加深你的怨恨，最終使你失去控制。」

國殤皺眉，青銅劍脫手後，他也隱約察覺不對勁，說：「青銅劍是我的配劍，就如你的面具。」

「是的，但青銅劍長年置於古墓，近年才出土，你不曾發現劍已浸滿陰冷氣息嗎？做為戰士，竟如此輕忽自己的武器？」

有察覺嗎？或許是有的，只是……國殤沉默半晌，雖他一向不多做解釋，但眼前的人畢竟是東皇。

「我別無選擇。山鬼附身的古樹被砍斷，護衛的山林面目全非，這宛如將她碎屍萬段。山鬼已經傷到根基，這該死的飯店一旦開幕，將會讓她魂飛魄散！」

「我明白。」東皇太一嘆道：「但你為何認為我會阻止你拯救山鬼？」

呃，等等，這話是什麼意思？姜子牙突然覺得有點不妙。

路揚更是立刻讓剔回到自己手上，然後退回姜子牙的身旁。目前場上皆是九歌成員，對他十分不利！但畢竟大多是熟識的人，他還是沒有直接拉著姜子牙落跑。

東皇太一略有不滿地說：「國殤，為何你不尋求我的幫助？你認為，我會對山鬼袖手旁觀？」

國殤有點激動地回答：「你平時的身分只是一個安分的書店老闆，要如何阻止飯店開幕，甚至重新封閉這塊山林？你願意為了山鬼，像我這般徹底破壞飯店嗎？你旁邊的道士可會答應？」

「平時嗎？」東皇太一輕笑，「但不在平時，我卻是東皇太一，高懸於天的驕傲金烏啊！」

按在劍柄上的青蔥玉指看似輕輕一按，但青銅劍被硬生生按進地面一截，地磚朝著地面八方裂開。當劍身最終不堪重壓徹底碎裂時，地表竟出現一條大裂縫，彷彿剛剛發生了地震，讓這裡裂開了一條縫。

在場眾人鴉雀無聲。

東皇太一微偏過頭，問道：「冷雲，現下如此狀況，你能做到封掉這片山林，拯救我們的山鬼嗎？」

冷雲謹慎地回答「能」，然後才敢在心中想想「自己真的該吃藥了」，還有……

下次傅太一再邀他去九歌書店，還是乖乖地去吧。

CH.5 九歌後言

節之一：山殤

「事情已經解決，雖然稍稍用了點暴力，但我也沒有傷人，接下來更是無力再出手，你們兩位可以不需要在一旁警戒了。」

東皇太一的話剛說完，不遠處，兩夫妻從屋子，正是路樂和劉易士。

路揚看見爸媽都沒事，也鬆了口氣，還拿著剔朝兩人揮了揮，惹得路樂朝他翻了個大白眼，剔也氣得脫手而去。

劉易士端著笑容，皮笑肉不笑地讚道：「東皇太一果真名不虛傳，這等能力真是聞所未聞。」

東皇太一摘下面具，臉色慘白如紙，整個人毫不客氣地往冷雲倒去，他可捨不得用力壓司命，司命這麼柔弱，壓壞了怎麼辦！

冷雲的話，就隨便吧。

傳太一氣虛無比地說：「哪裡是我的能力，這是毀了青銅劍而來的，為了救我家的山鬼，我這也是下血本了，真是氣血兩虧啊。」

「壞了國殤的青銅劍，你也真捨得，就不怕他翻臉？」

劉易士知道，這差不多等同毀掉路揚的劍，他兒子可是會拚命的！

那位國殤剛開始見青銅劍斷，也是瞬間怒髮衝冠，但一聽到東皇太一說「封掉山林，拯救山鬼」的話，又有冷雲點頭應和，他一怔後神色複雜，最後只是無語凝視著地上的斷劍。

「誰讓作為九歌的戰士，他竟敢對東皇出手呢。」傳太一嘆道：「我也是壞在他劍，痛在我心。

「雖然很想多跟神父你聊聊，感謝你攜家帶眷來拯救我，這一次，九歌真是欠你們一份大人情，但我真的是撐不下去了，倒下之前還有點家事要處理，就先不跟你聯繫感情了。」

誰有興趣跟你聯繫感情！

劉易士立刻揮手把兒子和乾兒子都招過來，打算帶著老婆孩子閃人，反正他們的目的本來就是救傅太一，結果對方還有餘力把地給打裂了。

劉易士皺眉看著地上的裂痕，這個地方被九歌改得太過邪門，他完全沒有興趣在這個地方與對方起衝突，等到下山再去打聽土石流的狀況如何，如果真跟九歌有關係，這九歌就上他的黑名單了，不管是兒子還是乾兒子通通都別想再過去九歌書店！

「喔，對了。」傅太一突然想起什麼似的，讓眾人一陣緊張，他卻說：「電話已經能打通了，歡迎報警求援，如果能順便幫我叫個救護直升機，那就更好了。」

「老闆，你真的沒事吧？」

聽到救護直升機，姜子牙實在不放心，看著傅太一的臉色，那是真的慘白，看起來好像下一秒就會閉眼跟這個世界說再見似的。

傅太一慘笑道：「放心吧，你的打工還在，不會失業。」

姜子牙再不放心，還是得乖乖跟著乾爹乾媽走，尤其是乾爹，那臉色都沉得要發黑了！

雖然他也覺得老闆的地震術太嚇人，不過畢竟是裂地不是裂人，姜子牙對老闆還是不感到恐怖，反而對那個國殤感到很警戒，那傢伙差點把路揚的手砍下來了，不知道老闆會怎麼處置那傢伙？

可惜看不到接下來的事，之後再問問吧，姜子牙依依不捨地跟著劉易士離開。

路揚則樂呵呵地看著剔，人生第一次持剔戰鬥，真是把他給樂傻了，就算白白跑來救傅太一，結果原來是九歌內鬨，他似乎都能因為握到剔，而覺得是自己賺到了，更別提，還意外知道那一段過往，怎麼想似乎都真的是自己賺到了。

冷雲看了看離開的姜子牙，以及倒在他身上的傅太一，欲言又止，然而當著裂開的地面，他最終還是沒敢開口說自己也想走。

傅太一扭了扭調個舒服的姿勢，難得冷雲這麼乖巧，當然要壓好壓滿，下次見面說不定他又口口聲聲要去吃藥，將發生過的一切都當作妄想症發作來著，傅太一光想到就覺得頭痛。

此時，國殤捧著斷劍，單膝跪地，許久都沒有改變過姿勢。

見到對方黯然神傷，傅太一也沒有意思再言語苛責，只是嘆道：「眾人隨我去見山鬼吧。」

此時，灰霧已經全部消失，天清山明，但那棵大樹卻不見了，只剩山鬼站在那裡等著眾人，她不再是美貌的山林女神，又變回那個滿身橫向血痕的女鬼模樣。

傅太一不捨，想再次讓灰霧籠罩住他的山林女神，但手一抬，臉色就猛然抽白，身體發軟，險些連冷雲都扶不住他，直接要趴地上去了。

傅君惱怒的說：「你別再逞強了，太一。」

傅太一看著山鬼露出擔心的表情，他輕笑，就算是逞強，哪能不讓所有成員看看山林女神的風姿。

他想將面具覆到臉上，卻被阻止了，本以為是傅君或者司命，但抬頭一看，卻是冷雲出手壓著面具不讓戴。

「灰霧其實是我的主要力量吧？」冷雲淡淡的說：「畢竟我叫雲中君，司掌雲霧，不是嗎？」

傅太一有些詫異，好奇地問：「但你一向不信，不是嗎？」

「我還是不信！」冷雲果斷地說完，又欲蓋彌彰地解釋：「但我的藥吃完了，沒吃藥的狀況下，有些妄想也是正常的。」

「……呵。」

傅太一輕笑出聲。

地面灰霧開始往上蔓延，這霧卻不是純灰色，其中有七彩迷幻光芒流轉，當霧的高度超過人時，九歌眾員的真貌顯露。

東皇太一，玄色金紋袍，面戴日芒鳥嘴面具。

司命，灰底銀邊袍，臉上是半陰半陽面具。

山鬼，白底紅帶裙，腳踩盤根錯節。

雲中君，白底白雲紋袍，腳邊跟著一朵七彩流雲。

國殤，黑色玄甲，腰繫一柄青銅斷劍。

東皇太一像是想起什麼來，看向東君站的地方，那瞬間，他彷彿看著一個溫文儒雅的文士身穿綠底竹葉紋袍，手持一柄玉竹筆，但只是一錯眼，又是那個小學生了。

東皇微微一笑，將注意力放回山鬼身上。

「山鬼，妳感覺如何？身上可還疼？」

山鬼輕柔地轉了一圈，十分喜愛自己的大裙襬，她嬌媚地笑著說：「不疼。」

東皇嘆道：「可惜，待雲中君散去他的力量，你還是會疼的，我暫時也沒有什麼辦法，只能為妳催生本命樹，等妳再次成長起來。」

山鬼點了點頭，她走到國殤面前，輕撫著對方腰間那柄青銅斷劍，輕聲致歉：「對不起，那時我剛醒來，不知世事，只會哭著說疼，才害你至如此。」

國殤搖頭說：「不是妳的錯，是我明知故犯，受到劍上的陰冷之氣影響，才犯下大錯。」

東皇走到原本大樹的所在地，在冷雲的攙扶下，蹲下身，瑩白手指輕輕觸地，一抹綠色鑽出地面，竟是一株剛冒頭的小樹苗。

山鬼蹲在小樹苗前，好奇地觸碰樹葉，隨後，九歌眾員紛紛獻上祝福，小樹苗的葉子翠綠似有光在流轉。

東皇說：「湘君和湘夫人讓我派去別的地方了，本是去尋找國殤，如今是白跑一趟，待他們歸國，就過來看看妳。」

山鬼笑吟吟地點頭。

冷雲閉眼深呼吸一口氣，撤去所有灰霧，再睜眼一看，真是慘，剛才一個個看起來都像神仙，現在卻是傷的傷殘的殘，傅太一的嘴唇都發紫了！

「你真的該送醫了。」冷雲由衷地建議，他都可以感覺到傅太一靠著自己的身體有多冷。

傅太一自己也想送醫，無奈地說：「希望姜子牙他們報警的時候，有要求救護直升機，我覺得我真有點不好了，臉色是不是很差？」

「就一張死人臉。」冷雲認真地說。

「呵呵，真有這麼慘嗎？啊啊不行，我覺得我要暈了……」

這時，本靠著國殤的山鬼突然朝司命招了招手，後者不解地走上來，山鬼猛然大張雙臂抱住司命。

眾人皆是錯愕，反倒國殤一臉平靜，似乎並不吃驚。

冷雲冷靜地敘述：「你的九歌有危機了。」

「……」傅太一想過很多九歌可能遇到的危機，但還真沒有想過這種危機！

這時，周圍的植物飄出翠瑩光點，美不勝收，眾人讚嘆時，傅太一突然明白了。

他見這些光點朝著擁抱的兩人聚攏，欲言，又止。

「山鬼？妳為什麼要抱著我？」

司命感到很不好意思，但又不敢推開山鬼，要知道她可是一身的血痕！

當翠瑩光點飄到眼前時，司命突然明白什麼，急忙推開山鬼，但已經太遲了，光點瞬間融入司命體內，就算司命想揮開都沒有用。

山鬼笑著看自己的傑作，轉身朝國殤的唇上一啄，隨後伸了個懶腰，緩緩睡倒，整個人漸漸透明，最終融入小樹苗內。

司命慌亂地看著自己的身體，翠瑩光點原本還在皮膚上一閃一閃，他拍也拍不掉，幾秒鐘後，光點就徹底融進皮膚裡，溫溫暖暖的十分舒適，讓他的傷疤也不再感到疼痛……

司命立刻扯開袖子一看，只見手上雖仍有傷疤，但痕跡已經淺淡許多，有些地方甚至痊癒了，也不再時時刻刻疼入骨髓。

明明山鬼自己都是滿身傷痕，卻還動用這樣的力量來為他療傷，過後又直接融入樹苗，肯定是影響很大。

他氣結地對著小樹苗說：「妳既然有這種能力，為什麼不留著給自己療傷？」

蜜地瓜，很好吃唷……

司命眼眶一熱，竟是有些後悔在育幼院時拿地瓜給小女孩。

東皇親自栽的樹苗，經過眾人祝福，原本樹葉呈現翠綠流光，如今卻像是一株普通的樹苗，看上去還有點委靡。

見狀，眾人擔心的問：「山鬼她沒事吧？」

傅太一嘆了口氣，說：「耗盡力量陷入沉睡，在這棵樹重新長成之前，恐怕山鬼都不會再輕易醒來了。」

傅太一看著國殤那副能在樹苗前坐一輩子的架式，終於還是心軟了。

「你也不必守樹，山鬼已陷入沉睡，你守著她也不會得到隻字片語，我已在此布下力量，沒有人可以傷害山鬼，只要有人接近，我將會立刻知曉，所以，你若真心懺悔，我也不願你把自己的人生虛耗在此，隨我回九歌吧。」

國殤搖頭說：「我的人生意義就在此，不是虛耗。」

聞言，東皇只能一嘆。

他的山鬼、他的國殤，是尋到了，也是失去了。

節之二：歸家

進到九歌書店，姜子牙就看見老闆一臉頹喪地坐在櫃檯，等他把東西放下，回到櫃台前準備開始工作，老闆還坐在櫃檯，居然沒搞消失……

喔，對了，他也沒有消失的理由了。

山鬼沉睡，國殤守樹。

從傅君那裡打聽到消息後，姜子牙也是嘆氣，難得沒叫老闆這個障礙物讓讓，而是特地在進書堆中找了找，拿出一本書放到老闆面前。

「御書終於出書了，而且是你最喜歡的那系列，你不是說想知道管家接下來還會有什麼能力嗎？」

傅太一低頭看著書，有氣無力地點了點頭，拆了書就開始翻閱。

姜子牙開始清點書，偶爾偷偷注意一下老闆的狀況。

翻著小說，傅太一讚嘆：「御書的兒子真的又有新能力啦，那個金髮的竟然學會聖光鎖鏈，她這是要讓兒子無所不能嗎？你對門鄰居越來越厲害了，很危險啊！」

他一邊翻書一邊不甘心地說：「但我們九歌若湊齊了，個個能力也不會輸給御書那兩兒子，可恨那魚唇的國殤，有事不會求救，自己讓一些陰氣耍得團團轉了，還害我住院住了一個禮拜！我的山鬼和國殤喔嗚嗚嗚……」

碎碎念到這裡，他用力將書闔上，頹喪地把額頭靠在書桌上，看小說的興致全失，整個背脊都曲成C字型了，那叫一個頹廢。

見狀，姜子牙也是無奈，想了想，不如找老闆討論御書那兩兒子，再把話題引到九歌湊齊後到底有多強，不但可以滿足自己的好奇心，也能讓對方稍微提起精神來吧。

這時，自動門突然打開來，他反射性朝門口一看，有兩人從外頭風塵僕僕的進來，兩個都不是陌生人，只是姜子牙對其中一人更熟一點，而且這個熟人還是九歌的一員。

陳湘，姜子牙向來叫她陳姨，並長年累月的被對方餵食，而她也是九歌中的湘夫人。

向強，陳湘的丈夫，不常出現在書店中，但姜子牙還是認得的，還從他與陳湘的關係推論出這人就是湘君。

向強一進書店就高喊：「太一，我們回來啦！」

傅太一只把臉抬起來，完全沒改變頹喪C造型。

「陳姨，向叔。」姜子牙乖乖的叫人。

陳湘應了聲，笑吟吟地說：「姨有給你帶禮物回來呢！快瞧瞧喜不喜歡。」

姜子牙愣了下，連忙推拒：「不用吧，姨，妳出國不用給我帶禮物的。」

他覺得自己離出國這種事還很遙遠，短時間內根本沒辦法回禮，而陳湘似乎常常出國，這一次次送下來，姜子牙覺得自己沒這麼厚的臉皮！

向強拍拍姜子牙的背，說：「先收下就是，跟你陳姨客氣什麼，你還想不想繼續叫姨和叔了？」

呃，好吧，姜子牙只好乖乖收下，想著過後找老闆打聽陳姨的生日，到時候回禮，再湊個情人節、過年什麼的，總能回完禮吧！

姜子牙打開禮物一看，陳姨送的禮物倒是有些奇特，那竟是一支墨黑色的圓框單邊眼鏡，還附上細細的眼鏡鍊避免掉落，姜子牙覺得這東西應該拿去給管家用，他戴著一定很有氣質。

尤其仔細一看，細細的鏡框上刻著密密麻麻的花紋，入手還有些重量，感覺得出質感極好。

這該不會是骨董吧？怎麼看都覺得很貴啊！姜子牙覺得這禮物有點燙手，不明白陳姨為什麼要送這麼貴重的東西，而且他也用不上啊！

他無助地看向陳姨，很希望對方可以收回禮物。

陳湘抿嘴一笑，語氣略強硬地說：「拿著，你會用上的。」

姜子牙一怔，他怎麼就會用上單邊眼鏡這種東西——單邊、眼鏡，他突然抓到其中關鍵詞，難道是自己那隻真實之眼？

他默默收下眼鏡，想著先拿回去誠實申報，再決定要不要戴，這是劉易士強烈要求的，不禁止他來九歌書店，但是做任何跟九歌有關的事情前都要告知他或者路揚。

向強抓了抓頭，有點不好意思地說：「唉，太一，有件事要跟你說。」

傅太一百無聊賴地說：「喔，讓我猜猜，你們沒找到國殤。」

向強覺得傅太一這人越發的神奇了。

「你竟然已經知道了？不錯啊，能力越來越強了。」

傅太一「呵呵」兩聲，卻沒有力氣解釋，等等叫司命下樓來說吧，他們倆也該見見現在的司命，雖然還是有燒傷的痕跡，絕對不是油光水滑的肌膚，但也能戴著口罩出門了。

「雖然國殤是沒找到，不過我們從古城的外圍得到這個，就先急著拿回來給你看看，你肯定有興趣。」

不，他沒有。傅太一打了個大哈欠，然後看見向強拿出一張圖，那張圖上畫著一名吹笛的混血少年，他張到一半的嘴直接張得更大了。

「禮、禮魂？」

向強解釋：「果然是嗎？我和湘湘看到這張圖的時候就有所感，加上也沒打聽到國殤的消息，就想先回來跟你確認，我說我在講話呢，你看手機幹嘛，還他奶奶的有沒有一點禮貌啊，東皇！」

傅太一頭也不抬地解釋：「我在訂機票。」

他訂到一半，抬頭打發姜子牙說：「你先回家去收拾行李，我連你的票也訂了。」

姜子牙無言了，剛剛還想說出國是遙遠的事，現在立刻就要被拖出國了啊喂！

他提醒：「老闆你是想把我拖去找禮魂嗎？你不會忘記上次找山鬼的過程有多危險吧？路揚絕對不會讓我去的。」

傅太一勇者無懼地說：「所以我連他的票也訂了！」

呵呵，那你也死定了。

看著老闆的眼睛終於開始放光，姜子牙想，要不就去清微宮擲筊問一下太上老君吧。

嘿，聖筊。

——《殤九歌・下冊》完

殤九歌

後記

【內有劇透，未看本集前，請不要先偷看後記唷。】

以往大多在番外篇中寫到比較多九歌的過往，寫著寫著實在覺得不將這個「神秘組織」徹底交代一番，那就太過可惜了。

因此有了這次的「殤九歌」主題，雖然正文和番外篇有多次提示，但這邊還是再說清楚一些，免得有誤會啊！

並不是九歌會帶來災厄，而是九歌傳承會特意挑人選，為的是能從災難中救人，這是帶著極大善意的。

然而，孤獨存活下來的人總是帶著莫大的悲傷，心傷甚至身傷都有可能，於是造成九歌人人都有個慘烈的背景故事，乍看好像要成為九歌就被迫很慘似的，事實剛好相反呢，正是他們因為都很慘烈，所以才被九歌傳承選中，將其救下來。

至此，也把九歌全體算是都出場一遍了，雖然那個禮魂只有出場一張畫像，而山鬼和國殤從此種在山上了，山鬼還是一個沉睡模式，要等小樹長大後才有希望醒來，國殤倒是還能偶爾下山。

聽著好像有點慘，但好歹是有真實希望湊齊九歌，傅太一你就滿足吧，這已經是親兒子的待遇了，以前的九歌更慘的比比皆是，都能編成一本慘烈大合集了。

接下來的單元，將會重新回歸到姜子牙和路揚這對異父異母的親兄弟身上了。

不過其實這集也是提及不少他們的事，還是很重要的過往，只是到後面的時候又重新聚焦在九歌身上。

畢竟單元題目是殤九歌嘛！

然後偷偷留了個伏筆。

殤九歌

那個齊彥……
咳！劇透什麼的真是要不得！

BY 御我

高寶書版集團
gobooks.com.tw

輕世代 FX01009

殤九歌(下卷) 幻・虛・真3

作　　者　御　我
繪　　者　九月紫
編　　輯　謝夢慈
校　　對　任芸慧
美術編輯　林鈞儀
排　　版　彭立瑋

發 行 人　朱凱蕾
出　　版　英屬維京群島商高寶國際有限公司臺灣分公司
　　　　　Global Group Holdings, Ltd.
地　　址　臺北市內湖區洲子街88號3樓
網　　址　www.gobooks.com.tw
電　　話　(02) 27992788
電　　郵　readers@gobooks.com.tw（讀者服務部）
　　　　　pr@gobooks.com.tw（公關諮詢部）
傳　　真　出版部　(02) 27990909　行銷部 (02) 27993088
郵政劃撥　50404557
戶　　名　三日月書版股份有限公司
發　　行　三日月書版股份有限公司/Printed in Taiwan
初版日期　2020年8月

國家圖書館出版品預行編目(CIP)資料

殤九歌：幻.虛.真 / 御我著.-- 初版. -- 臺北市：
高寶國際, 2020.08-
　冊；　公分. --

ISBN 978-986-361-798-3(下卷：平裝)

863.57　　　　108022571

三日月書版

三日月書版

GOBOOKS & SITAK GROUP©

GOBOOKS
& SITAK
GROUP©